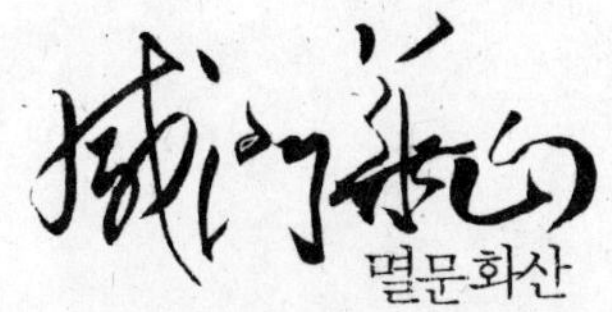

FANTASTIC ORIENTAL HEROES

고병인 新무협 판타지 소설

멸문화산 1

고병인 新무협 판타지 소설

초판 1쇄 찍은 날 § 2013년 6월 25일
초판 1쇄 펴낸 날 § 2013년 7월 2일

지은이 § 고병인
펴낸이 § 서경석

편집부장 § 권태완
편집책임 § 박가연
디자인 § 이혜정

펴낸곳 § 도서출판 청어람
등록번호 § 제1081-1-89호
등록일자 § 1999. 5. 31
어람번호 § 제2-2355호

주소 § 경기도 부천시 원미구 심곡2동 163-2 서경B/D 3F (우) 420-822
전화 § 032-656-4452 팩스 § 032-656-4453
http://www.chungeoram.com
E-mail § chungeorambook@daum.net

ⓒ 고병인, 2013

ISBN 978-89-251-3338-6 04810
ISBN 978-89-251-3337-9 (세트)

멸문화산

FANTASTIC ORIENTAL HEROES

고병인 新무협 판타지 소설

1

도서출판 청람

目次

서(序)

명현은 화산 앞에 멈추었다.

수백 년이 넘은 매화나무 두 그루의 가지가 얽혀서 처진 것이 마치 성문이 활짝 열린 것 같이 보였는데 화산의 정문이라 여겨지는 연매문(連梅門)이다.

팔 년 만의 귀환이었지만 그는 선뜻 발을 내딛지 못했다.

"홍몽아, 정말 괜찮겠느냐. 너는 평범하게 살 수 있다. 도사의 신분이지만 나는 화산의 무인이기도 하다. 적어도 네가 편하게 살 수 있게 해줄 수는 있다. 나와 같이 화산에 오를 필요는 없어."

그는 홍몽이란 어린 사내아이를 보았다.

아이의 작고 여린 손은 그의 거친 손을 잡고 있었다.

"이 손요, 저를 잡아준 이 손의 온기, 다른 사람에게도 전하고 싶어요."

홍몽은 환하게 웃었다.

第一章

화산입문(華山入門)

삼백 년의 역사를 이어오는 화산파에서 연매문을 거치면 가장 먼저 보이는 것이 천년매화(天年梅花)이다.

천년매화는 섬서에서 가장 유명한 거목 중 하나이다. 나무뿌리는 파고들 땅이 좁아 위로 솟아 있었으며 나무 허리는 궁궐의 기둥보다도 더 굵었다.

하늘에 닿을 듯 높게 뻗은 가지에 매화가 피어오르자 마치 연분홍빛 구름을 보는 것 같았다.

과거 천하제일인이자 화산의 개파조사인 매화진인이 그에 반하여 화산에 머무르게 된 것은 유명한 일화 중 하나이다.

그래서 천년매화는 화산의 신목(神木)이 되었다.

화산파의 상징이기에 매년 신목제도 열렸다.

그 때문에 화산의 수뇌부 격인 일대제자나 이대제자 한 명이 책임을 맡고 삼대제자 둘이서 직접 경비를 섰다.

도사들 중에서도 인정받는 이만이 수행할 수 있는 일이다.

그래서 천년매화의 경비를 선다는 것은 도사들에게도 무척 영광스러운 일이었다.

그러다 간혹 속가제자들도 경비를 설 때가 있었다.

하지만 그건 흔한 경우가 아니었다.

그들은 모두 성품과 무공 등 모든 면에서 화산의 도사들이 인정한 소수의 인원뿐이었다.

지금과 같은 경우는 없었다.

"빌어먹을. 이게 무슨 꼴이야."

밀려들어 오는 향화객을 보며 윤서주는 욕지거리를 내뱉었다.

그의 의지와 상관없이 화산에 끌려온 지도 어느새 일 년째. 여전히 화산에서의 생활은 지겹기 그지없었다.

매일같이 수탉이 울기도 전에 일어나야만 했다.

식사라고 내놓는 것은 고기반찬 하나 없는 풀밭뿐이다.

그래놓고는 살면서 한 번도 본 적이 없는 경전을 공부하거나 무공 수련을 하는 것으로 하루의 대부분을 보내야 했다. 몇 번이고 도망치려다 붙잡히는 바람에 복날에 개 맞듯이 맞기도 했다.

이건 말이 되지 않는다.

그는 풀 따위나 씹어 먹으며 주인에게 매나 맞는 소나 염소 같은 축생이 아니었다. 오히려 수많은 사람에게 공포와 두려움의 대상이 되며 자라온 거리의 지배자였다.

그런데 이게 무슨 꼴인가.

"망할! 빌어먹을 화산 따위, 망해 버려라."

저 멀리서 끝없이 밀려들어 오는 향화객들을 보며 제대로 악담을 퍼부어줄까 싶었다.

하지만 차마 그럴 수가 없었다. 그랬다가는 아마 뼈도 못 추릴 것이다. 잘못하면 평생 화산에 갇혀 지내야만 할지도 모른다.

그가 한창 인상을 쓸 때 향화객 하나가 다가왔다.

"아이고, 도사님, 승운도관으로 가려면 어디로 가야 합니까?"

"저기로 가쇼."

"예, 감사합니다."

향화객은 연신 고개를 조아리고는 그가 가리킨 방향으로 사라졌다.

"도사는 개뿔. 나무 쪼가리나 지키고 있으니 그딴 소리를 듣지."

그는 등 뒤의 신목을 보며 중얼거렸다.

최근에는 속가제자가 천년매화를 지킨 적이 없었다.

그가 경비를 선 것은 놀라운 일이다.

그는 화산에 끌려와 강제로 속가제자가 되기 전까지만 하더라도 부모를 잘 만난 일개 파락호일 뿐이었다.

매일 계집질에 술 마시고 싸움질만 했다.

아직도 잠꼬대로 술을 찾는 그는 속가제자 중에서도 가장 평가가 좋지 않았다. 그럼에도 불구하고 그는 도복을 입고 신목의 경비를 서고 있었다.

다른 이들이 알면 놀라 까무러칠 일이다.

본래 금일 신목 경비는 지객당주인 명종의 차례였다.

그가 윤서주에게 자신의 도복을 입히고 도망가 버린 것이다.

윤서주로서는 이가 갈릴 일이다.

그를 화산이라는 지옥으로 끌고 온 이가 명종이다.

야밤에 도망만 치면 다시 잡아와 두들겨 패는 것도 명종이다.

그런데 그 때문에 이제는 신목의 경비까지 서야 했다.

만약 다른 이들에게 들키면 경을 치고도 남을 일이다.

하지만 법보다 가까운 것이 주먹이다.

그는 명종의 주먹질이 두려워 어쩔 수 없이 그곳에 계속 서 있을 수밖에 없었다.

"더럽게 크네."

윤서주는 신목을 보며 한숨을 내쉬었다.

지금도 바람이 불자 매화 잎이 그의 얼굴 위로 하나씩 떨어졌다.

그의 표정이 험악해졌다.

"아, 젠장. 이거 또 언제 쓸어."

천년매화가 봄만 되면 떨어뜨리는 매화 잎의 양은 상상을 초월했다.

미관상 그걸 쓸어야 하는 것도 그와 같은 속가의 몫이다.

그야말로 하늘에서 떨어지는 쓰레기라 부를 만했다.

"저기, 못생긴 형."

그때 누군가 자신을 부르자 윤서주는 등을 돌렸다.

키가 그의 허리에도 오지 않는 사내아이가 그를 올려다보고 있었다. 지저분한 옷차림에 비하면 얼굴은 제법 깨끗한 편이고 맑고 침착해 보이는 눈이 인상적인 아이였다.

아이는 그를 보며 환하게 웃었다.

"안녕. 나는 홍몽이라고 해. 못생긴 형 이름은 뭐야?"

"못생겨? 누구? 나?"

"응, 형. 못생겼어."

"……."

윤서주는 말없이 주먹을 들어 올려 홍몽이란 아이의 머리에 꿀밤을 먹였다.

"아야! 왜 이래?"

홍몽은 맞은 머리를 양손으로 비볐다. 어찌나 아픈지 눈가에 눈물이 그렁그렁 맺혔다.

그는 험악한 인상으로 얼굴을 들이밀었다.

"너 인마, 누가 처음 보는 어른보고 못생겼다고 하래. 누가 그러랬어?"

"거짓말은 나쁜 거라고 했어."

"나한테 못생겼다고 말하는 건 옳은 거고?"

"사람은 진실되어야 한다고 했어."

"……."

말이랍시고 당돌하게 내뱉는 것을 보니 못 배운 놈은 아닌 것 같다.

천성이 이런 것이 분명했다.

"너 평소 좀 많이 맞겠구나?"

"아냐. 귀여움 많이 받아."

"이걸로?"

"그걸로 때리지 마. 아팠단 말이야."

그가 주먹을 들어 올리자 홍몽은 몸을 웅크리며 눈을 흘겼다.

윤서주는 자신의 얼굴을 가리켰다.

"인마, 그리고 형은 못생긴 얼굴이 아니야. 이런 얼굴이야말로 사내답게 생겼다고 하는 거야."

"아닌데: 그건 아닌데."

"뭐가 아니야. 이 부리부리한 눈과 거친 피부, 그리고 얼굴에 난 상처들을 봐. 이건 바로 사나이라는 증거라고. 알겠어? 저기 지나가는 얼굴만 새하얀 놈들은 기생오라비라고 하는 거야. 저런 것들은 그냥 잡아다가 반쯤 죽여놔야 해. 알겠어?"

윤서주는 몇 년 동안 뒷골목을 전전하며 생긴 상처들을 가리켰다. 그 상처 덕분에 우락부락한 그의 표정이 더욱 험악해 보였다.

"헤헤, 상처 웃기다. 반달 모양이야."

홍몽은 윤서주 눈가의 상처를 보고 웃음을 터뜨렸다.

그게 비웃음 같아 윤서주는 인상을 썼다.

"우와, 진짜 못생겼다!"

그러자 아이는 더 큰 소리로 말했다.

"……."

윤서주는 말없이 다시 주먹을 쥐었다.

저 어린아이가 한마디 할 때마다 속이 뒤집어질 것만 같았다.

솔직한 심정으로는 저 건방진 아이의 볼기짝이라도 때려주고 싶었지만 그러기에는 보는 눈이 많았다.

윤서주는 잠시 도관을 벗고 머리를 긁적였다.

"형, 머리에서 이상한 것 떨어져. 비듬이지? 도사들 안 씻는구나?"

홍몽은 두 손으로 입을 가리며 작게 웃었다. 그 모습이 너무나 얄미웠다.

"이 빌어먹을 꼬맹이가 진짜. 야, 너 따라와 봐. 이걸 진짜 확!"

결국 윤서주는 참지 못하고 폭발했다.

그가 홍몽의 멱살을 잡고 들어 올리려는 순간이었다.

"멈추게."

낯선 손이 그의 팔을 움켜쥐었다.

그러자 거짓말처럼 팔이 움직여지지가 않았다. 마치 쇠사슬에 묶인 것만 같았다.

그는 허리를 틀어 그 팔을 뿌리치려고 했다.

하지만 여전히 팔은 잡힌 상태 그대로이다.

"당신 뭐야?"

윤서주는 팔을 움켜쥔 장본인을 노려보았다.

색이 바랜 회색 무복을 입은 점잖아 보이는 인상의 중년인이다.

어디를 보아도 특별한 구석이 없다.

그러나 윤서주는 그의 손을 도저히 뿌리칠 수가 없었다.

"내가 이 아이 보호자일세."

"오호라, 누가 이따위로 아들 교육을 시켰나 했더니 당신이구만? 응?"

"이 아이의 아버지는 아닐세."

"그래서 꼬리 말고 도망치시겠다는 거요?"

"아니. 이 아이의 아버지를 모욕하지 말라는 것일세. 세상에 자기 자식을 위해 모든 것을 다 하는 분을 나 따위와 비교할 수는 없으니까."

"뭐라는 거야? 아주 쌍으로 미쳤구먼? 이거 당장 놓지… 윽!"

중년인이 움켜쥔 팔에 점점 더 고통이 가해지자 윤서주는 말을 잇지 못했다.

"아저씨, 좋아요. 그 기세예요."

홍몽이 중년인의 뒤에 숨으며 그를 응원했다.

그걸 본 윤서주의 눈에서 불똥이 튀었다.

그는 아이의 면상을 걷어차려고 발을 뻗었다.

그러자 중년인이 그의 팔을 밀어버렸다. 균형을 잃은 윤서주는 그대로 엉덩방아를 찧고 말았다.

"자네는 누구인가? 어떻게 자네 따위가 신목 경비를 서는 것인가?"

중년인의 차가운 음성이 들렸다.

하지만 윤서주는 아무런 답도 하지 않았다.

그는 자리에서 벌떡 일어나 중년인의 얼굴을 향해 주먹을 휘둘렀다.

그러자 중년인은 그의 팔을 비틀었다.

윤서주는 그 자리에서 땅바닥에 나뒹굴었다.

"왜 속가 따위가 신목의 경비를 서는 것인가 물었네."

"다, 당신이 그걸 어떻게……."

중년인의 말에 윤서주는 깜짝 놀랐다.

"도사는 절대 도복 안에 그딴 비단옷을 입지 않네."

윤서주는 그제야 흐트러진 도복 사이로 비단옷이 비쳐 보였다는 것을 깨달았다.

"당장 꺼지게. 신목은 자네가 있을 곳이 아니니까."

중년인은 윤서주의 팔을 풀어주었다.

"흐흐흐, 미친놈. 감히 화산을 건드렸다 이거지."

윤서주는 저려오는 팔을 어루만지며 일어섰다. 그리고는 거리낌 없이 허리춤의 검을 움켜쥐었다.

그가 달아놓은 청색 수실이 찰랑거렸다.

"저 형은 생긴 것은 저래도 감수성이 예민한가 봐요. 노리개 달았어요."

"저 새끼가 진짜……."

중년인의 옆에 찰싹 달라붙어 조잘대는 홍몽이 여전히 거슬렸다.

"내가 섬서의 야차 윤서주야. 감히 날 건드렸다 이거지? 윤가장의 이름을 걸고 네놈들을 반드시 죽여주마."

윤서주가 천천히 검을 뽑아내려는 순간,

"자네 지금 무슨 행패인가!"

등 뒤에서 같이 천년매화를 지키던 도사의 목소리가 들려왔다.

화산파의 이대제자인 운진이었다.

반대편을 지키고 있던 그의 귀에도 이 소란이 들려온 것이다.

"쳇. 네놈, 운 좋은 줄 알아라."

윤서주는 중년인과 홍몽을 노려보며 검에서 손을 떼었다.

그사이 그의 앞으로 운진이 다가왔다.

그는 대충 정황을 들었는지 미간을 찌푸리며 주변을 훑었다.

"무슨 일인가? 말해보게."

"크흠, 그게, 다름이 아니라……."

윤서주는 대충 몸의 먼지를 떨어내며 장황하게 설명을 늘어놓으려고 했다.

"도사 아저씨, 저 형이 나 때렸어."

홍몽이 불쑥 끼어들었다.

그리고는 자신의 머리를 들이밀며 이곳을 맞았다고 덧붙여
말했다.

"그게 정말인가?"

운진의 눈이 가늘어졌다.

비록 속가라고 하여도 윤서주 또한 화산의 사람이다.

약자를 핍박하였다는 것은 가만히 보고 있어서는 안 되는
일이며, 또한 행해서도 아니 되는 일이다.

윤서주는 당황하여 양손을 내저었다.

"그, 그게, 저 아이가 저에게 자꾸만 시비를 걸어서……."

"시끄럽네. 이 어린아이가 시비를 걸었다고 때려? 그럼 여
기 있는 분한테는 검이라도 들이밀었겠구나!"

"그걸 어찌……."

"허! 정말로 그리했다고?"

운진은 쩔쩔매는 윤서주를 보며 기겁했다.

신목의 중요성에 대해서는 화산의 사람이면 모르는 이가 없
다.

그걸 지키는 임무가 얼마나 중요하고 신성한 것인지를 모르
는 사람 또한 없다.

정상적인 경우가 아니라고 하여도 지금은 신목의 경비를 서
는 중이다.

그 중요한 일을 하면서 이딴 일이나 저지르다니.

"네놈의 행동이 아주 기가 차구나. 이번 일이 끝나고 정식으로 그 행동에 벌을 가할 것이다."

"…예."

서릿발 같은 운진의 기세에 윤서주는 기어들어 가는 목소리로 답했다.

운진은 중년인에게 포권을 취했다.

"인사가 늦었습니다. 저는 화산의 이대제자인 운진이라고 합니다. 저자의 잘못에 대하여 본 파를 대신하여 사죄를 하고 싶습니다. 혹여 대인의 성함을 가르쳐 주실 수는 없겠습니까?"

그의 태도는 지극히 정중했다.

중년인은 만족스러운 미소를 머금으며 고개를 끄덕였다.

"그래, 너도 이젠 제법 도사다운 모습이 보이는구나."

"…예?"

"오랜만이네, 사질."

갑작스런 중년인의 하대에 운진은 벙찐 표정을 지었다.

그러다 그는 중년인의 허리춤에 차여 있는 검집을 보고는 깜짝 놀랐다. 검집에 쓰여 있는 글자 때문이다.

매화검수(梅花劍手) 명현(明賢).

그 여섯 자는 바로 그의 사숙을 뜻하는 것이 아니던가.

그제야 그는 왜 중년인을 보며 낯익은 느낌이 들었는지 알 수 있었다.

"며, 명현 사숙님을 뵙습니다!"

운진은 황급히 고개를 조아렸다.

"그래, 그동안 수련을 게을리 하지 않았나 보구나, 운진아."

"예, 사숙님. 무림은 어떠하였는지요?"

"나와는 맞지 않더구나."

"그래도 몸 성히 돌아오신 것을 축하드립니다."

명현을 대하는 운진의 태도는 극진했다.

초조함을 감추지 못하는 그의 주먹은 꽉 쥐어져 있었다.

그 이유는 윤서주 때문이다.

화산에서 도사와 속가의 신분 차이는 가히 절대적이다.

그런데 윤서주는 명현에게 대든 것도 모자라 검까지 뽑으려
고 했다.

명현의 결정에 따라 윤서주를 파문할 수도 있는 것이다.

지금 당장 무릎을 꿇고 싹싹 빌어도 모자랄 판임에도 윤서
주는 사색이 된 채로 우두커니 서 있었다. 생각지도 못한 상황
에 얼어버린 것이다.

그걸 지켜보는 운진으로서는 애가 탈 수밖에 없었다.

"그런데 왜 저자가 신목을 지키고 있는 것이냐?"

우려하던 대로 명현의 시선이 윤서주에게 향했다.

그럼에도 윤서주는 그것을 눈치채지 못하고 멍하니 서 있을
뿐이다.

"그것이 사부님께서 급한 용무로 장문인께 직접 가셔야 하
는 일이 생겼습니다. 그래서 사부님께서는 대신에 이자를 세

우시라면서……."

"또 도망치셨구나."

"……."

"여전히 명종 대사형께서는 지나치게 자유로우시구나."

명현은 네가 고생이 많다며 운진의 어깨를 두드려 주었다.

그러나 윤서주를 향한 그의 눈빛은 여전히 차가웠다.

"아저씨, 저 못생긴 형 혼내실 거예요?"

홍몽이 명현을 향해 물었다.

명현의 시선이 자연스레 홍몽에게 향했다.

"너는 어떻게 했으면 좋겠느냐? 저자를 벌하면 되겠느냐, 그게 아니면 용서하고 싶으냐?"

"으음, 저 형 혼내면 안 될 것 같아요"

"어째서 그렇게 생각하니?"

"못생기고 성격도 더러운 사람이잖아요. 불쌍해요. 불쌍한 사람은 도우랬어요."

"……."

명현은 아이의 말에 윤서주를 보았다.

사색이 되었던 윤서주의 얼굴이 처참하게 구겨지고 있었다.

화산에서 가장 높은 봉우리인 낙안봉(落雁峰)에 위치한 성도각(星道閣)은 대대로 화산의 장문인이 기거하는 곳이다. 높은 만큼 산세도 험하고 산림도 우거져 있어 올라가는 데 힘이 들 수밖에 없다.

“아저씨, 저기 누가 있어요.”

홍몽이 성도각 바로 앞에 쭈그려 앉은 누군가를 가리켰다. 정갈해야 할 옷차림은 엉망으로 흐트러져 있고 한쪽 눈은 시퍼렇게 멍이 든 채로 그들을 향해 손을 흔들고 있었다.

명자배의 대사형인 명종이었다.

“사제, 어서 와.”

“대사형, 그런데 그 모습은 어찌 된 것입니까?”

“늙은이한테 또 맞았어.”

“또 무슨 짓을 하셨기에 그리되셨습니까?”

“몰라. 말 안 해.”

명현의 추궁에 명종은 고개를 홱 돌렸다. 그의 시선은 홍몽에게 멈추어져 있었다.

“안녕, 꼬마야. 이 젊은 형은 명종이라고 해.”

“안녕하세요, 아저씨.”

“에이, 아저씨 아냐. 형이라니까.”

“어딜 봐서요?”

“잠자코 형이라 불러봐, 응?”

거듭 형이라 부를 것을 강요하자 홍몽은 울상을 지으며 명현의 뒤로 숨었다.

“저 아저씨 이상해. 머리 맞았나 봐.”

그 말에 명종이 눈을 동그랗게 떴다.

“응? 어떻게 알았어?”

“이상한 아저씨, 여기 도사 아저씨들이 많다니까 치료 좀 받아요."

홍몽이 울상을 지으며 한 말에 명종은 어이없다는 듯 코웃음을 쳤다.

"저 아이는 왜 데리고 온 거야?"

그가 명현에게 물었다.

"제자가 될 아이입니다."

"몇 살인데?"

"이제 일곱 살입니다."

"어쭈? 너 제법인데?"

명종은 음침한 웃음을 흘리며 명현의 옆구리를 검지로 찔러왔다.

"그런 것 아닙니다."

명현은 인상을 썼다. 아무래도 명종은 홍몽을 그의 아들로 오해한 것 같았다.

"에이, 뭐가 아냐. 너 나가 있던 팔 년이랑 얼추 맞는데."

"저희가 출가도사(出家道士)임을 잊으셨습니까."

"그래도 몰래 데리고 오면 누가 알겠어? 이 장한 녀석, 나도 못한 일을 해냈구나. 엄마는 어디 있어?"

"농이 지나치십니다, 대사형."

명현의 목소리에 날이 서기 시작하자 명종은 혀를 찼다.

"쯔쯧, 거참, 사람이 매정하기는. 아니라고 한마디 하면 되지 괜히 성질을 부려."

"아니라고 했잖습니까."

"에헤이, 무슨 소리. 출가도사라고만 하면 내가 어찌 아나. 출가한 사람이 운우지정을 나누지 말란 법도 없는데 말이야."

그러면서 명종은 먼저 성도각 안으로 들어갔다.

"출가도사가 뭐예요?"

그가 사라지자 홍몽이 명현에게 물었다.

"출가도사는 결혼을 하지 않고 도에만 인생을 바치는 전진파 계열의 도사를 말한단다. 우리 화산이 그에 속하지."

"그러면 저도 여기 있으면 방금 전의 그 아저씨처럼 돼요?"

"나도 이곳에서 자랐단다."

"어우, 어떡해요."

홍몽은 그의 말에 안심하기는커녕 더 안타까워하는 반응을 보였다.

"왜 그러니?"

"아저씨도 저렇게 된다는 거잖아요."

이제는 발을 동동 구르는 홍몽을 보며 명현을 피식 웃었다.

"방금 전에 들어간 저 아저씨만 이상한 거란다."

"그래요? 정말요?"

"그럼. 장문인은 대사형과는 다른 분이지."

"그럼 믿어드릴게요."

"참 고맙구나."

"그죠? 저도 제가 참 착한 것 같아요."

어깨를 으쓱이는 모습에 명현은 홍몽의 머리를 쓰다듬었다.

홍몽도 나쁘지 않은 듯 웃음을 흘리며 성도각 안으로 들어갔다.

그때였다.

"야, 이 말코 놈아, 어디서 감히 사부가 마실 차에 손을 대는 것이냐!"

"아, 왜 이래요! 좀 나눠 마시자니까!"

"이놈이 그러고도 정신 못 차려? 어디 네놈이 그 혓바닥을 잘라도 나불거리나 보자!"

"잠시만! 잠깐만! 명현이 왔다니까요!

"이놈이 또 어디서 사부한테 거짓말이야!"

잠시 몇 차례의 고함이 오갔다.

그리고 잠시 후, 명종은 다기를 든 채로 도망 다니고 그 뒤를 화산 장문인 창천백로(蒼天白老) 청송이 검을 든 채로 쫓아 다니고 있다. 그 기세는 마치 생사대적을 대하는 것 같아 명현과 홍몽은 어리둥절해 보고 있다.

그러다 청송의 검이 명종의 머리카락을 잘랐다.

"망할 늙은이! 정말 내 머리에 검을 휘둘러?"

"시끄럽고, 목이나 내놓아라, 이 망할 제자야!"

"나 못 참습니다. 절대로!"

도망만 다니던 명종이 길길이 날뛰기 시작했다.

그 광경을 한참이나 보고 있던 홍몽이 명현에게 시선을 돌렸다.

"여기 화산 아니죠? 아저씨도 가짜 도사 맞죠?"

"그, 그건 아니란다."

“도사가 저래요?”

“…….”

홍몽의 말에 명현은 말없이 고개를 숙였다.

그 둘의 다툼이 멈춘 것은 일다경쯤 후였다.

사제지간이라 믿기 힘들 정도로 욕설과 살기 넘치는 공격도 잠시, 제풀에 지쳐 버린 것이다.

그제야 청송은 명종의 말대로 명현이 왔음을 알았다.

뒤늦게 의관을 정돈했지만 크게 달라지는 것은 없었다.

명종은 억울하다며 쭈그려 앉아 앓는 소리를 했다.

그걸 보는 명현은 한숨을 푹푹 쉬며 고개를 숙였다.

하지만 청송이 신경 쓰는 것은 홍몽이라는 아이였다. 유독 청송을 뚫어지게 보는 아이의 눈에는 감출 수 없는 실망감이 가득해 보였다.

“크흠. 그래, 저 아이를 제자로 들인다고?”

“예. 제자로 들이려고 데리고 온 홍몽이라는 아이입니다.”

청송의 물음에 명현은 고개를 들어 답했다.

“안녕하세요, 도사 할아버지.”

홍몽은 자리에서 일어나 청송에게 꾸벅 고개를 숙였다.

그러나 여전히 고운 눈빛은 아니다.

하지만 이 자리에 있는 누구 하나 그런 홍몽을 질책할 수가 없었다.

잠시 침묵이 이어지자 홍몽이 물었다.

“도사 할아버지, 여기 정말 화산 맞아요?”

“그렇단다.”

“정말 할아버지, 도사 맞아요? 정말로요?”

“정말이란다.”

“도사가 막 욕도 해요? 사람도 죽여요?”

“……”

의심이 가득한 그 질문들에 청송은 꿀 먹은 벙어리처럼 제대로 대답을 하지 못했다.

그 꼴을 보이고도 아니라고 어떻게 말할까.

“나쁜 사람이면 기꺼이 검을 쓴단다.”

“그러면 저 이상한 아저씨가 나쁜 사람인가요?”

“그래. 저놈은 아주 못돼먹은 놈이지. 아주 질이 나빠.”

이때다 싶어 청송은 명종을 가리켰다.

그러자 명종은 콧방귀를 뀌며 고개를 휙 돌렸다.

“할아버지랑 저 이상한 아저씨랑 무슨 사이인데요?”

홍몽이 명종과 청송을 번갈아보며 물었다.

“나랑 저 녀석 말이냐?”

“사부님이면 가르치는 사람 맞죠? 그죠?”

“그래, 내가 저놈 사부란다.”

“그러면 할아버지 밑에서 자란 거잖아요. 왜 저렇게 키우셨어요?”

단도직입적인 물음에 청송의 입이 쩍 벌어졌다.

“할아버지 때문에 저렇게 이상하게 자란 거 맞죠?”

홍몽이 재차 묻자 이번에는 명종이 참지 못하고 파안대소를 터뜨렸다.

"푸하하하! 이놈 걸작이네. 아주 제대로야. 으하핫!"

"네놈은 닥치거라."

"옙."

청송의 한마디에 명종은 머쓱한 표정으로 웃음을 멈추었다.

청송은 홍몽에게 생긴 오해를 빨리 풀어야겠다고 생각했다.

"네가 오해한 것이 있으니 바로 말해야겠구나."

"예, 말씀하세요, 할아버지."

"내가 문제가 아니라 저 녀석은 태어날 때부터 이상했단다."

"정말요?"

"그래. 어찌 병아리를 봉황으로 키우고 짐승을 사람으로 만들겠니. 그렇지?"

"아아, 그렇구나. 원래 이상한 거였군요."

청송의 설명에 홍몽은 알겠다며 고개를 끄덕였다. 그러다 고개를 갸우뚱 거리며 물었다.

"그러면 할아버지는 원래 나쁜 사람 맞죠?"

"뭐? 내가 말이냐?"

"예. 막 칼 들고 저 이상한 아저씨 죽이려고 했잖아요."

"아, 아니, 내가 언제……."

"그랬어요. 저 이상한 아저씨도 저렇게 못생기게 만들었잖아요."

홍몽은 명종에게 시선을 돌렸다.

명종의 얼굴은 확실히 처음 볼 때보다도 더 심했다.

양쪽 눈이 시퍼렇게 부었고 입술은 터져서 차를 마실 때마다 신음 소리를 냈다.

그 시선에 명종은 기분이 상해 버렸다.

"어쭈? 눈 안 깔아? 누가 못생겼다고 그래?"

"아저씨요."

"허어, 내가? 여기 명현이 놈보다는 내가 훨씬 낫지. 아무렴, 그렇고말고."

명종은 명현과 자신을 비교했다.

그러자 홍몽은 청송에게 다시 고개를 돌려 못마땅한 얼굴로 말했다.

"보세요. 너무 때리니까 더 이상해졌잖아요."

"……."

청송은 입을 다물었다.

화산의 장문인이 어린아이한테 훈계를 받는 것이 너무나 어이가 없었다.

"너는 가만히 있지 말고 차라도 끓여 오거라. 하는 김에 저 아이에게 먹을 거라도 주고. 이거 원 정신 사나워서 이야기를 할 수가 없구나."

"알겠수다. 어이, 꼬마. 밥 먹자."

청송의 명에 명종은 자리에서 일어나 홍몽의 손을 잡아끌었다.

그러자 홍몽이 세차게 고개를 저었다.

"싫은데요. 이상한 아저씨랑은 가기 싫어요."

"빼는 건 계집아이나 하는 거야."

"모르는 사람 따라가지 말라고 배웠어요."

"너 화산 들어올 것 아냐?"

"맞는데요."

"내가 명현이 놈 형뻘 되는 사람이야. 너한테는 백부인 셈이지. 그러니 이 백부님의 말을 따르지 않으면 명현이가 곤란해진단다."

명종의 말이 미심쩍은 홍몽이 명현을 보았다.

"정말요?"

"그렇단다. 잠시 대사형을 따라가거라."

"예, 알겠어요."

그제야 홍몽은 명종을 쫄래쫄래 따라갔다.

명종은 미리 길어둔 물을 떠다가 차를 끓일 준비를 하고 있었다.

"근데요, 이상한 아저씨. 그러면 난 아저씨를 뭐라고 불러요?"

멀뚱히 보고 있던 홍몽이 물었다.

여기저기를 뒤지며 찻잎을 찾던 명종이 답했다.

"대사백이라고 불러."

"아저씨 성이 대(大) 자를 쓰고 이름은 사백이에요?"

“아닌데.”

“그런데 왜 대사백이라고 불러요?

그 되물음에 명종은 어이가 없어 홍몽을 보았다. 초롱초롱한 눈은 정말 아무것도 모르는 듯 보였다.

“너는 큰아버지를 뭐라고 부르냐?”

“큰아버지 없는데요.”

“아버지한테 형제가 없어?”

“몰라요.”

“왜 몰라. 아버지한테 물어본 적 없어?”

“물어본 적 없어요.”

“왜 안 물어봤어. 어렸을 때는 다 궁금하지 않니?”

“이제 못 물어봐요.”

홍몽이 담담하게 답했다. 순간 흐릿해지는 눈동자와 퉁명스러운 표정이 무엇을 말하는지 명종은 자연스럽게 알 수 있었다.

저 아이의 아버지는 이미 죽어버렸다는 것을 말이다.

“…어머니도?”

명종은 조심스레 물었다.

“예.”

홍몽은 다시 고개를 끄덕였다.

명종은 미안함과 함께 신기함을 감출 수 없었다. 저 어린 나이에 부모의 죽음을 참아낼 수 있는 건가.

“그러면 너 혼자서 명현이 따라오기로 결정한 거냐?”

"아버지랑 어머니랑 죽은 날에 아저씨가 같이 가자고 했어요. 아저씨, 좋은 사람이에요. 매일 잘 때마다 악몽 꾸다가 일어나면 맨날 곁에 있어줘요. 한 번도 화내지 않아요. 제가 말 많이 해도 언제나 들어줘요."

명현의 이야기를 하는 홍몽의 입가에 감출 수 없는 미소가 감돌았다.

"왜 명현이가 너를 선택했는지를 알 것 같구나."

명종의 입가에 편안한 미소가 감돌았다.

"아저씨가 저 착하다고 했어요."

홍몽이 뜬금없는 말을 하자 명종이 물었다.

"그렇구나. 그런데 혹시 평소에 둔하다는 소리 들은 적은 없냐?"

"아뇨. 착하다는 소리만 많이 들었어요."

"그래, 퍽이나 그렇겠구나."

"그거 나쁜 말이에요?"

"좋은 말이란다."

"아하, 퍽이나 그렇군요."

"……."

홍몽의 너무나 밝은 목소리에 명종은 순간 할 말을 찾지 못했다. 어린아이 앞에서 입조심해야 한다는 말이 이래서 나왔다는 것을 새삼 깨달았다.

그때 홍몽의 배가 꼬르륵거렸다.

"저 배고파요."

“일단 이거라도 먹어라.”

찻잎을 찼던 명종은 급한 대로 식은 떡 하나를 홍몽의 입에 물렸다.

그걸 덥석 물며 홍몽이 인상을 썼다.

“이거 딱딱해요. 이 아파요.”

“알아. 입에 넣고 있으면 부드러워져.”

“알겠어요. 퍽이나 그럴 것 같아요.”

홍몽의 말에 명종은 살짝 미간을 찌푸렸다.

방긋 웃으며 떡을 물고 있는 그 모습이 참으로 얄밉게 느껴졌다.

하지만 지금에서야 잘못된 표현이라고 정정할 수도 없었다.

그러기에는 그의 체면이 허락하지 않았다.

“근데 찻잎이 이거밖에 없나? 큰일이네. 찻잎 때문에 내려가기 귀찮은데.”

찬장을 뒤지던 명종이 입맛을 다셨다.

평소 청송이 마시던 찻잎은 바닥을 드러낸 상태였다.

찻잎을 탈탈 털어도 부스러기밖에 남지 않아 도저히 차를 우려낼 수가 없었다.

“그 늙은이가 차 늦게 가지고 가면 경을 칠 텐데.”

낙안봉은 오르락내리락하기에는 너무나 귀찮았다.

그러나 차를 끓이지 않으면 혼날 것이 뻔했다.

그렇다고 화산의 지리도 모르는 홍몽을 시킬 수도 없었다.

그랬다가는 명현까지 달려들 것이 분명했다.

"너는 먼저 돌아가야겠구나."

"왜요? 도망가세요?"

"아니다. 찻잎 가지러 간다고 전해주려무나."

"저 배고파요."

"그새 다 먹었냐? 여기 몇 개 더 먹거라."

홍몽의 빈손에 명종이 떡 몇 개를 쥐어주었다.

처음만 하더라도 딱딱하다며 투덜거리던 홍몽은 언제 그랬냐는 듯 떡을 모조리 입에다 쓸어 넣었다. 그 모습이 마치 먹이 주머니를 가득 채운 다람쥐 같아 보였다.

"얼씨구, 잘도 먹네."

명종은 혀를 찼다.

홍몽은 터질 듯 빵빵해진 볼을 오물거렸다.

"아히어요(맛있어요)."

"먹은 채로 말하지 말고 썩 들어가."

명종은 즉각 아래로 몸을 날렸다.

그가 사라지고 홍몽은 히죽히죽 웃으며 청송과 명현에게로 돌아갔다. 심각한 표정으로 대화를 나누고 있던 그들은 홍몽의 기척이 느껴지자 말없이 서로를 보고만 있었다.

"저 왔어요. 대사백님은 찻잎 가지러 간대요."

안으로 들어온 홍몽은 입안 가득 떡을 밀어 넣은 채로 제법 또렷하게 말했다.

명현이 자신의 옆자리를 가리켰다.

"홍몽아, 이리 앉아보아라. 장문인께서 너에게 하실 말씀이 있단다.”

“정말요? 뭐예요?”

되새김질이라도 하듯 입안의 떡을 씹어대던 홍몽이 명현의 옆에 앉아 청송에게 물었다.

“화산의 제십이대 장문인의 자격으로 묻고 싶구나. 어떤 이는 화산에서 도(道)를 깨닫고자 하고 어떤 이는 이곳에서 무(武)를 깨닫기를 원하지. 너는 어떠하느냐? 이곳에서 무엇을 얻고자 왔느냐?”

청송은 입 주변으로 침을 질질 흘리는 홍몽을 보며 말했다.

홍몽이 인상을 썼다.

“무슨 말인지 모르겠어요.”

“그렇구나. 쉽게 이야기해 주마. 너는 이곳에서 무엇을 얻고자 하는 것이냐?”

“따뜻해지고 싶어요.”

“어떤 따뜻함을 말하는 것이냐. 안락한 집? 갓 지은 밥? 두꺼운 옷? 네가 원하는 것이 그것이냐?”

“우리 아저씨 손잡으면 되게 따스해요.”

홍몽이 명현의 손을 가리켰다.

“정말로 그것을 원하는 것이더냐? 이곳은 화산이다. 도를 논함에 있어서 천하에 손꼽히는 곳이고 검을 논함에 있어서 빠질 수 없는 곳이다. 이곳에 들기 위해 수많은 사람이 온단다. 그럼에도 너는 원하는 것이 그뿐이더냐?”

청송의 물음에 홍몽은 고개를 저었다.

"도사 할아버지 말은 길어서 이해 못해요."

"후우, 그렇다면 너는 무엇을 더 바라는 것이냐?"

"가족요."

"음?"

"아저씨가 여기 사람들 좋대요. 다들 저처럼 가족이 없대요. 그러니까 나 같은 고아도 행복해질 수 있다고 했어요. 저 막 웃을 거예요. 우리 부모님 행복하게 원신천존님한테 매일매일 향 피울 거예요."

홍몽의 눈가가 촉촉하게 젖어들고 있었다.

그러나 이것저것 하고 싶은 것을 말하는 음성은 들떠 있었다.

이 아이는 정말로 가족을 원한다.

청송은 그 마음을 마음으로써 느낄 수 있었다.

"너는 참 좋은 아이구나."

그리고 그는 솔직한 감상을 말했다.

홍몽의 말은 참 소소한 것이었다.

바라는 것은 정말 그 정도가 끝이었다. 그저 화산에서 이곳 사람들과 같이 잘 지냈으면 하는 것이 전부였다.

어린아이의 진실된 감정이 물씬 묻어나왔다.

화산에서 천하제일이 되고자 하는 이들과는 참으로 달랐다.

거짓된 도를 빌미로 도사가 되려는 이들과는 참으로 달랐다.

그래, 이래야 하는 것이다.

화산에 욕심은 필요 없는 것이다.

"너를 이제 운허(雲虛)라고 불러야겠구나."

"그게 뭐예요?"

"화산에서의 너의 이름이란다."

"그런데 저 이름 있어요. 아빠랑 엄마가 지어주신 건데요."

홍몽은 도명이라는 개념 자체를 이해하지 못했다.

그걸 깨달은 청송은 크게 신경 쓰지 않았다. 나이가 차면 자연스럽게 쓰게 될 터이니 말이다.

第二章
태극기공(太極氣功)

화산에서 지낸 지 일 년이 지났다.

홍몽은 어느새 운허라는 도명으로 불리는 것을 당연하게 여겼다. 그와 함께 화산에서의 생활 방식에도 점차 익숙해져 가고 있었다.

그 증거로 수탉이 울기도 전의 이른 새벽임에도 스스로 일어나고 있었다.

"흐아아아암!"

침상을 정리하자마자 운허는 짧은 팔다리를 쭉 폈다. 자연스레 하품이 나오며 눈물이 살짝 맺혔다.

운허는 침상을 보며 입맛을 다셨다.

아직도 어린 운허에게 수면욕은 절대적이었다.

지금이라도 더 자고만 싶다.

그러나 그 욕구를 참으며 운허의 발길이 닿은 곳은 바로 옆에 위치한 명현의 방이었다.

"사부님, 운허예요. 일어나셨어요?"

"그래, 들어오너라."

명현의 목소리가 들리자 운허는 조심히 그의 방 안으로 들어갔다.

언제나처럼 그는 모든 의관을 정리한 모습이다.

해가 미처 떠오르지 않아 촛불에 의지한 채로 경전을 읽는 모습도 평소와 다름없다.

"사부님, 안녕히 주무셨는지요."

운허는 정중하게 인사했다.

"그래, 홍몽아. 이른 새벽부터 너를 보니 무척이나 좋구나."

명현은 인자하게 웃으며 운허의 본명을 말했다.

"운허예요! 운허라구요!"

그러자 운허는 발을 동동 구르며 도명을 재차 강조했다.

"미안하구나. 이 사부가 헷갈렸구나."

명현은 미안해하면서도 운허의 머리에 손을 뻗어 쓰다듬어 주었다.

잠시 어깨를 움츠렸던 운허는 명현이 자신의 머리를 쓰다듬자 기분 좋은 미소를 머금었다.

운허는 어깨를 움츠리며 매우 기분 좋아했다.

하지만 명현이 손을 거두지 않고 거듭 쓰다듬자 입술을 삐죽 내밀며 투덜거리기 시작했다.

"우우, 사부님, 저 머리 안 감았어요."

"그렇다면 간단하게 세안을 하고 오거라. 매번 식전에 도관에 들러야 하지 않느냐. 이 사부가 도와줄까?"

"아니에요. 저 혼자서도 잘해요."

"그러면 다녀오너라."

"예, 다녀오겠습니다, 사부님."

운허가 꾸벅 고개를 숙이고 발걸음을 옮기려고 하자 명현이 그를 붙잡았다.

"운허야, 오늘도 내려가는 데 조심해야 한다. 잘못 헛디뎌 다치면 안 된다. 저번에도 넘어져서 이마가 까졌잖니."

새벽이 되면 화산에는 짙은 운무가 피어오른다.

그래서 아직 길이 익숙하지 않은 이들이 이른 시각에 화산을 돌아다니다가는 길을 잃기 십상이었다.

그 탓에 운허는 횃불을 들고 운무 속을 헤치고 다녔다.

하지만 그럼에도 발밑을 살피지 않아 넘어진 적이 종종 있었다.

명현은 그것을 지적한 것이다.

반사적으로 운허는 다쳤던 이마에 손을 얹었다.

며칠 전 넘어진 일로 아직도 시퍼런 멍이 가시지 않았다.

"그때 한 번 그런 거예요. 저 잘 다녀요."

"후우. 아침에 졸면서 내려가다 흙투성이가 된 적도 있다."

"그, 그건……."

"이 사부가 얼마나 걱정이 되면 이러겠니."

"헤헤헤, 사부님이 자꾸 걱정해 주시니까 전 좋은데요."

명현의 걱정스런 음성에 운허는 오히려 환하게 웃었다.

누군가가 걱정해 주는 것은 이토록 기쁜 일이다.

그래도 명현은 당부하는 것을 잊지 않았다.

"그렇다고 또 다치면 정말 혼낼 것이다. 그러니 발밑을 똑바로 보고 다녀야 한다. 알겠지?"

"걱정 마세요, 사부님."

"가서 사형들에게 인사 잘하고."

"예. 걱정 마세요."

"그러다 모르는 것이 있으면 물어보아라."

"씻는데 뭘 물어봐야 해요?"

운허의 물음에 명현은 그제야 자신이 걱정이 앞섰다는 것을 알았다.

명현은 고개를 저었다.

"아니다. 다녀오너라. 내가 말이 많았구나."

"예, 다녀오겠습니다!"

몇 번이고 꼬리를 물었던 당부가 끝나자 운허는 망설이지 않고 다시 방으로 돌아갔다. 그리고는 얼굴을 닦을 천 하나를 챙겨선 근처의 계곡으로 걸음을 옮겼다.

계곡은 운허와 같은 운자배의 이들이 씻는 곳이다.

이제야 멀리서 수탉의 울음소리가 들리는 시각임에도 불구하고 이미 상당수의 이들이 다 씻은 듯 하나둘씩 자리에서 일어서고 있었다.

　운허는 먼저 자리에서 일어나는 이들에게 다가갔다.

　"사형들, 안녕히 주무셨는지요."

　인사를 받는 그들이 환한 미소를 보였다.

　"사제, 좋은 아침이야. 잘 잤어?"

　"오늘도 머리에 오갈 데 없는 새를 위해 집을 지었구나."

　"물이 차가우니 감기 걸리지 않게 조심하거라."

　"예!"

　여기저기서 건네주는 말에 운허의 입가에도 환한 미소가 걸렸다.

　명현의 정식 제자가 되면서 서먹서먹했던 사형들이 친형처럼 자신을 챙겨주는 것이 무척이나 행복했다.

　"막내야, 여기 자리 비었다."

　얼음장처럼 차가운 물에 얼굴을 씻던 사형 중 하나가 운허를 불렀다.

　명종의 대제자인 운진이다.

　천년매화에서의 일 때문에 다른 이들보다 운허와 친했다.

　"와아! 감사해요, 운진 사형."

　운허는 마다 않고 그의 옆에 앉았다.

　"아, 차거."

　그런데 손을 담갔다가 바로 꺼내고 말았다.

　이미 겨울이 끝났건만 계곡물은 얼음장 같았다.

　도저히 씻을 엄두가 나지 않았다.

“운진 사형, 겨울 지났는데 왜 이렇게 차가워요?”

운허는 차가워진 손을 얼른 겨드랑이에 끼며 물었다.

운진은 대수롭지 않다는 듯 산 정상을 바라보았다.

“이게 다 겨울에 내린 눈이 녹아 내려 그런 거야.”

“여기도 눈이 많이 와요?”

“그럼. 신목에서 떨어지는 매화만큼이나 내려.”

“그러면 그 눈도 쓰레기 취급 받아요?”

운허는 매번 봄만 되면 온 바닥에 어지러이 흐트러지는 신목의 잎을 떠올렸다.

“거의 그 정도지.”

운진도 장난 섞인 목소리로 말했다.

“그러면 저 쓰레기에 씻는 거예요?”

“또 이상하게 받아들인다. 막내야, 차가운 곳에 물이 있으면 어떻게 되지?”

“얼어요.”

“그렇지. 넌 산에서 흐르는 물이 구정물이라고 여기는 거냐?”

“그건 아닌데요. 그런데 쓰레기라고 하셨잖아요.”

“…그냥 씻어라.”

거듭된 질문에 운진은 결국 고개를 홱 돌렸다.

운허는 그의 뒤통수에 대고 헛바닥을 한 번 내밀고는 다시 계곡물에 시선을 던졌다.

“어떻게 하지?”

씻기는 씻어야 한다.

아무리 어려도 운허 또한 도사이다.

눈곱이 끼어 있고 머리카락이 헝클어진 상태로 돌아다니는 것은 말이 되지 않았다.

그때 명현이 모르는 건 사형들에게 물어보라고 했던 것이 기억났다.

운허는 일어나려는 운진을 붙잡았다.

"운진 사형, 추워서 씻기 힘들어요."

"그래? 못 씻겠어?"

"너무 추워요. 보세요. 제 손이 이렇게 되어버렸어요."

"흐음. 그럼 그 천 좀 줘봐."

새빨갛게 변한 손을 본 그는 운허가 가지고 온 천을 계곡물에 적셔서 건네주었다.

"이렇게 적셔서 닦으면 되지."

"우와! 사형, 대단해요."

"뭘 이 정도에. 그보다 사제는 아직 어리니 따뜻한 물에 씻는 것이 낫지 않을까? 감기 걸리면 사숙께서도 걱정이 많으실 터이니."

"안 돼요."

운허는 고개를 절레절레 흔들었다. 그리고는 물에 적신 천을 얼굴에 가져다 대며 몸을 부르르 떨었다.

냇물에 담그는 것보다는 낫지만 추운 건 어쩔 수 없었다.

"불장난하면 나쁜 어린이라 했어요."

얼굴을 다 닦고 난 후 운허가 말했다.

그 말에 운진이 장난기 가득한 목소리로 말했다.

"아하! 우리 막내사제가 이불에 실수를 했나 보구나. 그래서 이틀 전에 명현 사숙께서 새 이불을 받아 가신 건가?"

"아, 아닌데. 내가 한 거 아닌데."

"그러면 왜 사숙께서 이불을 받아 가셨을까?"

"우으으, 그건……."

운허는 기죽은 얼굴로 말끝을 흐렸다.

불장난과는 관계가 없었다.

그러나 실제로 이불에 실례하는 탓에 명현이 직접 새 이불로 바꾸어준 것이 며칠 전이다.

그때는 자기 전에 물을 잔뜩 마신 탓에 일어난 경우였다.

"사형, 그러다 막내사제 울겠습니다. 그만해요."

그들의 곁으로 다 씻은 운광이 다가왔다.

운진과 함께 명종을 사부로 둔 그의 얼굴에도 장난기가 가득했다.

운진과 운광이 눈빛을 교환했다.

이왕 시작한 장난, 조금만 더 치자는 뜻이다.

사부인 명종을 닮아 장난을 좋아하는 그들이 순박하기 그지없는 운허를 가만히 내버려 둘 이유가 없었다.

"그래? 그러면 왜 나쁜 어린이인지 가르쳐 주지 않을래?"

운진이 은근한 목소리로 물었다.

"대사백께서 예전에 사형들이 불장난하다 오줌 쌌다고 하셨어요.”

운허의 말에 순간 정적이 감돌았다.

운진과 운광만이 아니라 같이 명종의 제자로 있는 운학에게
도 시선이 쏘아졌다.

예상치 못한 폭로에 운진은 억지로 웃었다.

그의 입꼬리가 부들부들 떨리고 있었다.

운광은 차마 버티지 못하고 고개를 돌린 상태였다.

“…사형들?”

운진이 손가락으로 자신을 가리키며 되물었다.

“예, 사형들요.”

운허는 시원하게 고개를 끄덕였다.

그러면서 얼굴을 붉힌 채로 딴청을 부리는 운광과 당장 자
리를 박차고 도망칠 기세인 운학을 차례로 가리켰다.

그러다 무언가 생각난 듯 손뼉을 세게 쳤다.

“아, 맞다. 이거 대사백께서 비밀이라고 하셨으니까 지켜주
셔야 해요? 알았죠? 쉬잇.”

운허는 검지로 입을 가리며 작게 말했다.

그러나 모두 주목하고 있는 탓에 듣지 못한 이는 없었다.

“그래, 그 비밀, 잘도 지켜지겠구나.”

운진은 양손으로 자신의 머리를 쥐어뜯었다.

언제나 얄미운 얼굴로 갖은 장난을 쳐오는 명종의 모습이
눈에 아른거렸다.

왜 자신의 사부는 이딴 이야기를 운허에게 한 것일까.

이제 당분간은 얼굴 들고 다니기 힘들게 생겼다.

"아, 진짜. 사형, 무슨 짓을 한 겁니까."

옆에 있던 운광이 운진을 노려보며 투덜거렸다.

"몰라. 젠장, 나 아침 안 먹어."

"같이 굶읍시다. 나도 못 먹겠어요."

그들은 황급히 자리를 떴다.

그러자 운허는 걱정스러운 얼굴로 소리쳤다.

"운광 사형, 굶으면 키 안 커요!"

주변에서 웃음소리가 터져 나왔다.

운광은 다른 사형제보다 머리가 하나 더 작았기 때문이다.

그러나 이미 성년이 된 운광의 키가 더 클 리는 없었다.

운광은 얼굴을 붉혔다.

"너도 얼마만큼이나 크나 보자."

*　　　*　　　*

운허는 옷을 도복으로 바꾸어 입었다.

아직 어린 그에게 폭이 넓은 도복 입은 모습은 나이 많은 형의 옷을 물려 입은 것 같았다.

실제로도 거동하기에 무척 불편했다.

소매는 자꾸 흘러내리고 바지 밑단은 땅에 끌렸다.

무심결에 옷을 밟아 넘어진 적도 있었다.

그러다 보니 자연히 팔자걸음으로 걷게 되어버렸다.

그 모습이 귀여워 지나가던 이들이 손으로 입을 가리고 웃기 일쑤였다.

하지만 운허는 제법 능숙하게 걸어갔다.

"안녕."

그러다 천년매화가 보이자 다가가 손을 흔들었다.

화산의 신목인 천년매화에는 영성이 깃들어져 있다고 했다.

그 말을 들은 운허는 천년매화를 볼 때마다 매번 인사를 하고 지나갔다.

그때마다 바람이 불며 나뭇잎이 스치는 소리가 들려왔다.

지금도 마찬가지였다.

바람이 불어 운무가 잠시 흩어진다.

그 사이로 보이는 천년매화의 가지가 흔들리며 잎이 하나씩 떨어졌다.

그게 마치 반갑다고 속삭이는 것 같았다.

"있다가 보자."

운허는 천년매화의 근처에 위치한 승운도관(承雲道觀)으로 발길을 돌렸다.

화산에는 수많은 도관이 있다.

그중 승운도관은 천년매화 가까이에 있어 주로 향화객들이 사용하는 곳이다. 그래서 지금과 같은 새벽은 향화객들이 오르기 전인지라 그 안에는 아무도 없었다.

그런데 안에서 무언가 소리가 들려오고 있었다.

"벌써 누가 와 있나?"

운무가 피어오르기 때문에 향화객들은 이른 새벽에는 화산을 오르지 않는다.

운허는 혹시나 하는 마음에 조용히 고개를 내밀었다.

도관 안에는 세 명의 속가제자가 있었다.

그들은 이런저런 잡담을 나누며 청소를 하고 있었다.

그 내용 중 대부분은 왜 이렇게 이른 시간에 이 짓거리를 해야 하느냐는 등의 욕설 어린 대화였다.

"속가 아저씨들이 청소하네."

이른 새벽에 오는 것이 부담스러워 상당수의 속가들은 전날에 도관을 깨끗하게 정리하고 가는 것이 보통이다.

그래서 오히려 편하게 오고는 했다.

운허는 자신의 품 안을 만져보며 속가들을 바라보았다.

그러다 바닥에 걸레질을 하던 사내가 운허를 발견했다. 그는 자리에서 일어나 즉각 인사를 건넸다.

"안녕하십니까, 운허 도사님."

"예. 좋은 아침입니다, 속가 아저씨."

운허가 이른 새벽에 이곳에 오는 것은 이미 모두 다 아는 사실이다. 그랬기에 속가제자들은 특별히 당황하는 기색 따위는 없었다.

"오늘도 향 피우러 오신 겁니까?"

"예. 청소 다 끝날 때까지 밖에서 기다릴게요."

"아닙니다. 저희도 다 끝나가는 참이었습니다, 그렇지?"

그가 다른 이들을 바라보자 그들도 맞다며 맞장구를 쳤다.

"그럼 잠시만 실례해도 되요?"

운허는 조심스레 물었다.

"예. 도사님이 하시는 건데 막을 수야 없지요. 자자, 다들 나가자고."

속가들은 황급히 도관에서 나갔다.

그들이 나가고 운허는 품에서 무명천에 곱게 싸놓은 낡은 신발과 향을 꺼냈다. 신발을 조심히 내려놓고 향에 불을 붙이자 향내가 코끝에 퍼졌다.

운허는 그 수많은 도교의 신의 모습을 담아낸 석상 중 원시천존에 시선을 두었다.

그 앞에 다가가 무릎을 꿇고 향을 두 손으로 감싸 쥐었다.

"원시천존님, 저 잘 있다고 아버지랑 어머니한테 말씀 좀 전해주세요. 밥도 잘 먹어요. 음식도 안 가리구요. 사부님 말씀 잘 들어요. 근데 그 말씀이 실천하기 힘들어요. 제가 자꾸 실수를 하지 뭐예요. 그래도 화내지 마시고 저희 아버지랑 어머니, 따스한 잠자리에서 행복하게 지내게 해주세요."

향이 타들어가는 내내 운허는 끝없이 중얼거렸다.

운허라는 도명을 받는 그날부터 매일 식사를 하기 전에 이곳에 들러 향을 피웠다.

단 한 번도 빠뜨린 적이 없다.

날씨가 좋지 않거나 몸이 아파도 새벽에 향을 피웠다.

지독한 감기에 걸려 이곳에 왔다가 처음으로 명현에게 혼나기도 했다.

그래도 운허는 이곳에 왔다.

그 이유는 하나였다.

향을 피우면 그 사람의 소망이 하늘에 닿는다는 말 때문이었다. 그렇다면 매일매일 그 마음을 담아 보낸다면 돌아가신 부모님에게도 닿을 것이라 여겼다.

그걸 뒤늦게 알게 된 명현은 더 이상 운허를 잡지 않았다.

아직 어린 운허에게 부모의 빈자리는 너무 컸다.

부정과 모정.

그것만은 사부인 명현으로서도 어떻게 할 도리가 없었다.

명현에게조차도 희미한 감정을 어찌 운허에게 전해줄까.

처음부터 없었던 것이면 모른다.

쏟아버린 물은 다시 채울 수 없다. 그릇이 깨어지면 다시 붙일 수 없다.

물건조차 그럴진대 사람의 빈자리는 오죽할까.

그래서 그 잃어버린 것을 그리워하기도 하며 잊어버리기도 한다.

잊어버려 좋은 것이 있다.

그러나 그것에 부모라는 존재는 없었다.

운허도 알고 있었다.

아버지와 어머니라는 존재가 죽음을 맞이하는 그 순간부터였다.

그들이 사라지고 빈 옆자리는 공허할 것이라고.

그 공허함은 무엇으로도 채울 수 없을 것이라고.

매일 밤 꾸게 되는 악몽이 그것을 입증했다. 잊으려야 잊을 수가 없다.

화산에 와 도라는 것을 배우며 더욱 뼈저리게 깨달았다.

잊을 수 없는 것이 아니라 잊어서는 안 되는 것이었다. 나를 낳아주고 나를 지키려다 돌아가신 두 분을 잊어서는 안 된다고.

그래서 운허는 이곳에 오게 된 것이다.

그 어떤 때보다도 지금 이 순간 운허는 필사적이었다.

겨우 일 년도 지나지 않았는데 그 부드러운 목소리가 잊혀 가고 있다.

가슴에서 느껴지던 따스한 체온마저 기억나지 않았다.

부모와의 모든 추억이 사라지고 있다.

그러나 단 한 순간만은 아니었다.

그들이 눈앞에서 죽임을 당하던 그때만은 아직도 생생하게 떠올랐다.

그걸 깨달았을 때 운허는 하루 종일 울었다.

지금도 망각은 멈춰지지 않았다.

누군가와 대화를 하듯이 혼자서 떠든 것도 그때부터였다.

언제나 그 대상은 원시천존이었다.

도교의 최고신인 그를 보며 두 분을 그리워했다. 적어도 그 순간의 운허는 그날 있었던 일을 부모에게 떠드는 여느 아이와 다르지 않았다.

오늘도 준비한 향이 다 타올랐다.

그럼에도 운허는 목이 아플 정도로 혼자 재잘거렸다.

또 아침 식사에 늦고 말았다.

명현은 오후가 되자마자 운허를 불렀다.

학도당에서 삼대제자들과 함께 학문을 배우고 있던 운허는 기다렸다는 듯이 자리를 박차고 그의 집무실로 향했다.

운허는 문을 두드리지 않고 벌컥 열고 들어갔다.

운허는 무척이나 들떠 있었다.

"사부님, 부르셨어요?"

"내가 너에게 문을 그렇게 열라고 가르친 모양이구나."

그런 운허를 보며 명현은 미소 지으며 말했다.

"아, 아닌데요. 제 실수인데요."

"잘못을 했다면 어떻게 해야 한다고 했지?"

"죄송합니다, 사부님."

운허는 기죽은 표정으로 고개를 숙였다.

그러다 명현의 눈치를 살피더니 그가 생각보다 화난 것 같지 않아 보이자 언제 그랬냐는 듯 밝은 목소리로 물었다.

"그런데 왜 부르셨어요? 이 시간에는 공부 열심히 하라고 하셨잖아요."

"갑자기 불러서 많이 놀랐구나."

"헤헤헤, 아니에요. 이렇게 자주 불러주세요."

혹여 다시 돌려보낼까 운허는 황급히 고개를 저었다.

갑자기 불려온 것은 오히려 반가운 일이었다.

한 번도 글자를 배운 적이 없는 까막눈이었기에 운허는 화
산에 있는 동안 가장 많은 시간을 학문에 투자하고 있었다.

학도당에서 망신을 당하지 않기 위해서였다.

나이는 비슷하지만 배분이 하나 더 낮은 삼대제자들 앞에서
글자를 몰라 읽을 수 없다는 말은 더 이상 하기 싫은 것이다.

그래서 처음 한 달간은 무척이나 마음이 상했다.

그러나 노력을 아끼지 않아 이제는 제법 글을 읽게 되었다.

하지만 학문이라는 것은 아직도 버겁게만 느껴졌다.

"이 사부와 잠시 연무장에 가자꾸나."

"연무장에요? 왜요?"

"돌아가신 사부님과 쓰던 자그만 곳이 있는데 오랫동안 가
지 않아 관리가 소홀한 것 같더구나."

"아하, 잡초 뽑으러 가는 건가요?"

운허의 표정이 복잡해졌다.

학문을 배우는 것은 싫다. 그 시간에 명현과 재미있게 놀았
으면 했다.

잡초를 뽑는 일은 전혀 재미없었다.

"갈아입을 연무복도 가지고 왔으니 올라가자꾸나."

"끝나면 배가 막 고프겠죠?"

"네가 먹을 떡도 챙겨왔으니 걱정 말거라."

"헤헤헤. 사부님 최고."

명현의 말에 운허는 평소와 같은 자상한 웃음을 흘렸다.

　명현이 인도한 연무장은 학도당에서 그리 먼 곳이 아니었다. 그러나 주변의 수풀이 워낙 우거졌기 때문에 멀리에서는 찾기 힘들어 보였다.

　"사부님을 다시 보게 되었어요."

　연무장에 온 운허의 말에 명현이 고개를 돌렸다.

　"진짜 게으르시네요."

　이어지는 운허의 말에 명현은 어색한 미소를 지었다.

　운허의 말대로다.

　연무장은 아주 엉망이었다.

　수풀이 우거져서 연무장 안팎을 구분하기가 힘들뿐더러 바닥에는 돌이 깔려 있지 않기 때문에 잡초가 발목까지 차올랐다.

　만약 주변을 둘러싼 작은 담이 없었다면 이곳이 연무장이라고는 생각도 못했을 것이다.

　운허는 혀를 내둘렀다.

　"몇 년 동안 방치하면 이렇게 되요?"

　"크흠, 이 사부가 무림행을 떠나고 한 번도 살피러 오지 않았구나."

　"제가 화산 오고 거의 일 년 지났잖아요.. 구 년이네요."

　"그게 그렇게 되는구나."

　"그러면 저희 딱 십 년까지만 채우고 오면 안 될까요? 그사이에 다른 분들에게 도와달라고 하면 되잖아요."

　운허는 정말 좋은 생각이라고 덧붙였다.

“그럴 필요 없단다.”

명현은 고개를 젓더니 허리를 숙여 연무장 중앙의 잡초 하나를 뽑아내었다.

“여기서 일 장(약 3미터) 반경으로 정리하거라.”

“같이하는 거예요?”

“아니란다. 너 혼자서 해야 하는 일이다.”

“저 혼자서요?”

운허는 못마땅한 표정을 감추지 못했다.

그러나 명현은 여전히 여유로운 표정이다.

“네가 빨리 끝낸다면 무공을 가르쳐 주마.”

“예? 무공요?”

“그래. 네가 잘만 한다면 오늘부터 가르칠 것이다.”

“그 말씀 정말이죠?”

“내가 너에게 농을 하는 경우는 별로 없지 않니.”

“기다리세요. 금방 끝낼게요.”

운허는 명현의 말이 끝나자마자 곧장 바닥의 잡초를 움켜쥐고 뽑기 시작했다.

그러나 잡초는 뽑히다 말고 그대로 중간에 끊어졌다.

뿌리가 뽑히지 않자 운허는 뒤로 던지며 다른 잡초를 잡았다.

“네가 뽑은 잡초는 다른 곳에 심을 것이니 훼손하지 말고 조심히 뽑아야 한다.”

“그러면 더 힘든데요?”

“무공을 배우는 것은 더 힘들단다.”

명현의 말에 운허의 표정이 시무룩해졌다.

결국 운허는 울상을 지으며 방금 전에 뽑은 잡초의 뿌리를 마저 파내었다.

그다음 운허는 잡초를 하나씩 뽑아냈다.

변변한 도구 하나 없이 맨손으로 하는 것이기에 금방 손이 더러워졌다. 뿌리가 자꾸 끊어져서 땅을 파내다가 손에 상처가 생기기도 했다.

그러나 운허는 군소리 않고 주변의 잡초를 제거했다.

온몸에 땀이 흐르고 손은 저려왔다.

하지만 쉬지 않고 한 덕분에 금방 주변을 깨끗하게 정리할 수 있었다.

“저 다 했어요!”

주변을 다 정리한 운허가 소리쳤다.

운허가 이토록 들뜨는 것에는 이유가 있었다.

화산에 머무르면서 자연스럽게 무공에 관심을 가지게 되었다.

그러나 아직 무공을 배우지 못했다.

아직 사부가 정해지지 않은 몇몇 삼대제자나 속가를 제외하면 모든 도사는 자신의 사부에게만 무공을 배우는 것이 기본이다.

그래서 주변의 이들이 무공을 익히고 그것을 펼치는 것을 그저 구경만 할 수밖에 없었다.

그런데 이제 그 무공을 배운다고 생각하니 몸이 근질근질한 것이다.

명현에게 다가가 운허가 재촉했다.

"그러면요, 저 뭐 배워요? 매화검법요? 복호권? 저 제일 멋진 것 가르쳐 주세요."

"의외구나. 그 정도로 무공에 관심이 있을 줄은 몰랐는데."

"다들 하는데 저만 못하잖아요. 저도 잘할 거예요."

운허의 말에 명현은 미소를 지었다.

"그러면 지금부터 너는 이 무공을 요령을 부리지 않고 잘 익혀야 할 것이다."

"예. 가르쳐 주세요. 어떤 거예요?"

"태극기공(太極氣功)이라는 것이다."

"저 처음 듣는데요? 그거 멋져요? 막 강해요?"

"화산의 무공을 익히기 위해 꼭 익혀야 하는 것이란다."

"우와! 그럼 처음엔 누구나 다 배우는 건가요?"

명현이 고개를 끄덕이자 운허의 미소가 귀에 걸릴 듯 커졌다.

"오금희라는 것이 있다. 화타 선생께서 창안한 도인술로 다섯 마리의 동물의 움직임을 딴 일종의 체조로 건강하고 오래 사는 것에 무게를 둔 것이다. 태극기공은 그 오금희와 비슷하다고 볼 수 있단다."

태극기공(太極氣功).

화타의 오금희(五禽戱)와 같이 도인술에 바탕을 둔 화산의 입문 무공이다.

"오금희와 달리 태극기공은 몸의 안팎을 자극시켜 겉으로는 근골을 성장시키고 안으로는 혈맥을 넓히는 효능이 있단다. 그 때문에 이것을 잘 익히면 너는 신체의 한계를 넘어설 수 있지."

고수는 노력이 있어야 만들어진다.

그러나 그 절반은 노력이 아니라 타고나는 것이다.

청동으로 만든 검은 강철로 만든 검을 이길 수 없는 법.

제아무리 엄청난 영약과 뛰어난 무공이 있어도 그것을 소화할 수 있는 뛰어난 신체가 아니면 무용지물이다.

하지만 사람의 신체에는 한계가 존재한다.

비록 그 한계를 뛰어넘을 방법이 있다고 하여도 그건 하늘이 내리는 것이다.

대부분 그 한계를 벗어날 수 없다.

그러나 태극기공은 그 한계를 벗어나는 것을 가능하게 했다.

근골을 단단하고 탄력 있게 만들고 혈맥과 단전을 확장시키기 때문에 단기적인 효과는 없지만 장기적으로 꾸준히 수련한다면 둔재는 범재가 되고 범재는 기재가 될 수 있었다.

화산에서 태극기공을 입문 무공으로 둔 이유가 바로 그 때문이다. 꾸준히 한다면 무공을 익히기에 더할 나위 없이 좋은 신체가 되기 때문이다.

"이 무공은 양기와 음기를 몸에 받기 위하여 낮과 밤에 한 차례씩 해야 한다. 지금부터 동작을 잘 보거라.”

명현은 두 다리를 어깨 넓이로 벌려 살짝 굽혔다.

그는 양손으로 크게 원을 그리며 명치에 합장을 한 것처럼 바짝 붙였다.

명현은 다시 손으로 원을 그렸다.

그와 함께 왼발을 축으로 삼아 오른쪽 발이 반원을 그린다.

오른발을 축으로 다시 왼발로 원을 그리며 손은 다시 한 번 원을 그린다.

태극은 몇 차례나 그의 손과 발에 의해서 그려졌다.

그때까지 천천히 부드럽게 그려지던 그의 동작이 점점 유려해지기 시작했다.

태극은 점점 빠르게 그려졌다.

그의 몸 주변으로 점점 바람이 불기 시작했다.

명현은 일각이 지나고 태극기공을 끝맺었다. 그의 이마에는 땀이 촉촉하게 맺혀 있었다.

운허는 넋을 잃고 그를 보고 있었다.

“이게 태극기공인가요?”

“그렇단다. 이게 바로 태극기공이란다.”

“멋져요, 사부님. 이거 진짜 멋져요. 움직이실 때 바람이 마악 불어요, 막!”

운허는 흥분을 감추지 못해 말을 하면서도 양팔을 붕붕 휘두르고 있었다.

태극기공은 특별히 화려하거나 멋진 동작은 없었다.

하지만 명현이 펼친 태극기공은 차원이 달랐다.

이건 단순히 무공이라고 표현할 수 없었다.

동작이 끊어지지 않고 흘러나왔기에 마치 춤을 추고 있는 것 같은 느낌마저 들었다.

"저도 그렇게 될 수 있어요? 그렇게 잘할 수 있어요?"

"그럼. 너도 할 수 있단다. 자, 이제부터 태극기공을 하나씩 풀어서 설명해 주마."

"…하나씩 다요?"

"그렇단다. 뜻을 이해하지 못한다면 제대로 익혔다고 할 수 없지."

명현의 말에 운허의 머리가 빠르게 돌아가기 시작했다.

태극기공을 한 번 펼치는 데 일각이 걸렸다.

그러나 그건 명현과 같은 고수가 걸린 시간이다.

그런데 그걸 하나씩 배운다면 얼마나 걸릴까.

거기다 명현은 무얼 가르치더라도 이해할 때까지 반복하지 않는가.

"다음에 배워도 되요?"

운허가 조심스레 물었다.

잘못하면 무공을 배우는 것이 아니라 태극기공에 대한 설명만 들을 것만 같았다.

"걱정 말거라. 워낙 쉬운 것이라 짧게 걸릴 것이다."

그의 마음도 모르고 명현은 설명을 이어나갔다.

　"태극이란 음과 양의 조화를 뜻하는 것이란다. 태극기공은 그 음과 양의 기운으로 몸을 일깨우는 것이지. 그 때문에 음기와 양기가 충만한 때 한 번씩 훈련을 해야 하지."

　"어? 그러면 밤에도 해요?"

　"자정이 제일 좋은 시간이지."

　"저 그때 자요. 착한 도사는 일찍 자고 일찍 일어나랬어요."

　운허는 볼멘소리를 냈다.

　늦게 자면 운광 사형처럼 키가 작아지게 된다는 소리가 기억났기에 자정까지 깨어 있을 생각은 조금도 없었다.

　"수련을 위한 것이라면 조금 늦게 자도 괜찮단다. 태극기공은 정오와 자정에 해야 특히 좋단다."

　"어? 그럼 두 번 해요?"

　"그럼. 두 번을 해야 한다. 그리고 네가 직접 보면 두 개가 다른 것을 알 수 있을 것이다."

　"그러면 이따가 해도 되는 거죠?"

　운허는 습관적으로 배를 어루만졌다.

　연무장에서 한 것이라고는 잡초를 뽑은 것밖에 없었지만 자꾸만 허기가 졌다.

　"방금 전에 배운 것을 몸에 익히고 내려가자꾸나."

　명현의 말에 운허는 고개를 끄덕였다.

　운허는 하루 종일 명현의 세심한 지도를 받았다.

　처음 배우는 무공이 생각보다 어렵지 않아서 기분이 좋았다. 오랜만에 두 발을 뻗고 푹 잠을 잘 정도였다.

그러나 다음날이 되자 온몸에 근육통이 시작되었다.

잠자리에서 뒤척이는 것만으로도 숨이 멎을 정도로 아팠다.

결국 운허는 그날 하루 종일 드러누웠다. 그리고 자정이 되어서야 조금씩 몸을 움직였다.

그때마다 온몸이 아파서 찔끔 눈물이 났다.

"이런 수련을 더 해야 하나?"

문득 든 그 생각에 한층 더 기분이 우울해졌다.

막상 아프고 나니 더 이상 배우고 싶은 마음이 게 눈 감추듯이 사라졌다.

그래도 근육통은 움직여야 낫는다는 명현의 말이 떠올랐다.

천천히 운허는 몸을 움직였다.

팔을 들 때마다 칠순 먹은 노인네처럼 앓는 소리가 절로 튀어나왔다.

사지를 움직이는 것만으로도 이마에 땀이 절로 맺혔다.

"움직이면 낫는다더니. 그래도 아파."

운허는 울상을 지었다.

잠깐 움직였는데 목이 타는 듯 마렵다. 물이라도 마시고 싶어 밖으로 나오자마자 명현과 마주쳤다.

명현은 횃불을 들고 있었다.

그의 눈이 운허를 한 차례 훑었다.

"이제 몸을 움직이는구나. 나를 따라오거라."

"네? 사부님, 저 아파요."

“먼저 가 있겠다.”

대답을 듣지 않고 명현이 먼저 걸어갔다.

운허는 샐쭉한 표정으로 명현의 뒤를 졸졸 따라갔다.

명현의 큰 보폭을 따라가는 운허의 표정은 울상이었다. 자꾸 아파서 쉬고 싶은데 명현은 당최 멈추지 않았다.

“사부님, 졸려요.”

“하루 종일 누웠으니 그럴 리는 없을 것이다.”

“어두워서 안 보여요.”

“곧 보일 것이다.”

힘들어 칭얼대기 시작하는 운허를 보면서 명현은 인자한 미소를 지었다.

“자, 보거라.”

연무장에 다시 온 명현은 주변에 들고 온 횃불을 꽂으며 자세를 가다듬었다.

“어라?”

명현이 태극기공을 펼치자 운허의 두 눈이 번쩍 뜨여졌다.

기이하게도 다르다는 느낌이 들었다.

정오 때의 동작은 하나하나 힘이 넘치고 유려했다.

그래서 그 움직임에 바람이 일 정도였다.

하지만 지금은 정반대였다.

지금 명현의 동작은 묘하게 힘이 빠져 있는 것 같았다.

두 팔이 천 조각처럼 하늘거리는데 기묘하게도 더 빠르게 느껴졌다.

같은 동작이지만 전혀 달랐다.

운허는 자연히 음양이라는 것을 머리에 떠올렸다.

그저 단순히 외워놓았던 것인데 명현의 동작을 보며 저절로 그것이 깨우쳐지는 것만 같았다.

다음날부터 운허는 홀로 연무장에 올랐다.

태극기공이 몸에 익을 때까지는 다른 일에 신경 쓰지 않아도 된다는 명현의 허락 덕분이다.

평소 학문적 소양을 중시하는 명현이기에 다소 이례적이었다. 범재의 신체를 타고난 운허에게 그만큼 태극기공이 중요하다 여긴 것이다.

그러나 그만큼 명현은 운허가 처음 무공을 배울 때부터 홀로 고민하고 남에게 기대지 않고 수련하기를 바라는 것이기도 했다.

처음 한 달 동안 운허는 제대로 수련을 하지 못했다.

혼자 나와 수련하려고 하니 전혀 집중이 되지 않았던 것이다.

그걸 안 명현은 운허에게 명상을 가르쳤다.

먼저 잡념을 떨쳐내어 보다 수련에 집중하게 하기 위해서였다.

그 선택은 유효했다.

몇 달 동안 명상이 익숙해지면서 태극기공의 성취 또한 속도가 붙었다.

지금도 운허는 가부좌를 틀고 명상을 했다.

근 반 시진 동안 명상을 하고는 곧장 태극기공의 기수식을 취했다.

명현에게 비할 수는 없지만 반년 동안의 수련 덕분에 제법 동작이 몸에 익었다.

그러나 모든 동작이 쉬운 것은 아니었다.

처음 엉켰던 부분은 아직도 제대로 교정이 되지 않았다.

바로 기수식 다음의 동작들이다.

한쪽 발을 차례로 축을 삼아 원을 그려야 하는데 그때마다 힘이 없어 몸이 비틀거렸다. 그와 함께 양팔은 원을 그려야 하건만 찌그러진 호박처럼 울퉁불퉁한 곡선을 그려내었다.

예전에는 여기서 몇 번이고 흐름이 끊어졌다.

그러나 이제는 태극기공의 흐름을 이어나갈 수 있었다.

처음에는 자꾸 초반부가 엉켜서 답답해하던 운허다.

그러나 어느 사이엔가 그런 욕심은 버렸다.

겨우 며칠 만에 명현과 같은 경지에 이를 수는 없었다.

그건 불가능한 일이다.

간혹 예외가 있다고는 하지만 노력 없이 얻어낼 수 있는 것은 없었다.

특히 이처럼 몸으로 움직이는 것은 더더욱 그랬다.

어리지만 운허도 그것을 깨닫게 된 것이다.

모든 사람은 다르다.

그러니 잘하는 것도 다른 것이다.

태극기공을 조금 못한다고 변하는 것은 없었다. 잘하도록 깨우치면 되는 일이니까.

그런데 매일 밤 잠들 때마다 명현이 펼쳐 보였던 태극기공이 생생하게 떠올랐다.

이제는 태극기공을 펼치고 있는 와중에도 자꾸만 떠올랐다.

운허는 자연스레 생각에 잠겼다.

도대체 얼마나 많은 수련을 거쳐야 하는 것일까.

얼마나 많은 시간이 걸릴까.

그때마다 운허는 자신이 얼마나 작고 초라한지 조금씩 깨달아가고 있었다.

그런데 기이하게도 굴욕감 따위는 들지 않았다.

오히려 너무나 두근거렸다.

명현이 보여준 그 모습만큼 자신이 해낸다면 얼마나 멋질까.

그만큼만, 아니, 그보다 더 멋지게 펼쳐낼 수 있다면 얼마나 좋을까.

명현이 얼마나 좋아해 줄까.

아득히 먼 미래를 떠올리는 만큼 가슴이 설레었다.

그리고 운허의 자세는 점점 변화를 맞이하기 시작했다.

방금 전까지 엉성하고 서툴기만 했던 자세들이 점점 단단해졌다. 축이 되는 다리에 힘이 생기자 자세가 안정된 것이다.

하반신이 안정되자 상체의 움직임도 더 원활해졌다.

아직 동작이 몸에 익지 않아 투박하고 군데군데 끊어지고

있었지만, 전날의 동작과 비교해 보면 괄목할 만한 성취라고
할 수 있었다.

그러나 그보다 놀라운 것은 운허의 표정이었다.

평소 그는 동작을 기억하기 위해 두 눈을 부릅뜨고 인상을
썼다.

그런데 지금은 두 눈을 감고 있었다.

온몸에서 비 오듯이 땀을 흘리고 있음에도 미소마저 띠고
있었다.

긴장이 점점 풀리는 것일까.

지나치게 힘이 들어가 있던 어깨와 허리에서 힘이 빠지기
시작했다.

자세가 한층 더 부드러워지며 수없이 그려내는 태극의 연환
이 끝없이 이어졌다.

명현이 펼치는 것과 흡사했다.

반년간의 연공이라 보기 힘든 성취인 것이다.

그러다 갑자기 운허는 제자리에 멈추었다.

"나 뭐 하고 있었지?"

방금 전까지 태극기공을 펼치던 것을 전혀 모르는 것일까.

운허는 조금은 당황한 기색으로 주변을 둘러보았다.

홀로 올라온 연무장에 다른 이가 있을 리가 없다.

그런데 왜 누군가가 바라보는 것만 같은 느낌이 들었을까.
그리고 왜 그 느낌을 받자마자 정신을 차린 것일까.

"너는 다 했단다, 아이야."

"히이익!"

갑자기 등 뒤에서 들리는 목소리에 운허는 화들짝 놀랐다.

굳어진 어깨 위로 손 하나가 얹어졌다.

운허는 자신도 모르게 그 주름진 손등을 보다가 무심코 그 손을 살짝 들었다.

굳은살이 가득한 손바닥은 고목과도 같아 보였다.

"우와! 딱딱해."

그게 그리도 신기했을까.

운허는 몇 번이고 그 손바닥을 만지다가 고개를 돌렸다.

처음 보는 노인이다.

어지간한 장정보다 머리 하나는 더 컸기에 올려다보는 것만으로도 짧은 목이 아파왔다.

그러나 도저히 눈을 뗄 수가 없었다. 군살이 없어 메말라 보이는 몸에 살짝 드러난 근육은 도저히 노인의 것이라고 볼 수 없어서였다.

그런데 어째서일까.

운허는 그 노인을 보며 대나무가 떠올랐다.

생명이 피어오르는 녹색이 아니라 생명이 점차 사라지는 갈색의 대나무가.

"사부님이 아닌데, 누구세요?"

"나는 너를 보고 있었단다, 아이야."

"그러니까 누구세요?"

"네 나이에 믿기 힘들 정도로 뛰어난 성취구나. 훌륭한 태극기공이다.”

“에헤헤, 고마워요. 할아버지도 좋은 사람이시네요.”

질문에 답을 하지 않고 딴소리를 하자 답답해하던 운허는 칭찬 한마디에 가슴에 품고 있던 약간의 경계심마저 모조리 버려 버렸다.

“그런데 언제 오셨어요?”

“일다경 전부터 보고 있었구나.”

“그러면 제가 계속 펼치고 있었어요?”

“네가 언제부터 펼친 것인지 모르고 있었나 보구나.”

“전 항상 넋 놓고 있어요.”

멀뚱멀뚱한 운허의 눈을 바라보는 노인의 입가에 미소가 맺혔다.

그러나 운허는 그 미소에 조금의 호의도 느끼지 못했다.

노인의 눈만은 웃고 있지 않았기 때문이다.

그 맑고 깊은 눈은 바라보고 있을수록 낯설고 거북하게만 느껴졌다.

“그런데 너는 왜 이곳에 있는 것이냐?”

“여기 우리 사부님이 가르쳐 준 장소예요. 할아버지는 누구세요?”

“명현이가 너의 사부겠구나.”

“우리 사부님 아세요?”

노인의 입에서 명현이 거론되자 운허는 적잖게 당황했다.

“잘 알고 있단다. 내가 그 아이의 사조이니까.”

“예? 누가요?”

노인이 너무나 작게 중얼거리는 탓에 듣지 못한 운허가 되물었다.

“내일 보자꾸나, 아이야.”

그러나 노인은 할 말을 남기고 사라졌다.

운허는 작아지는 그의 뒷모습을 보다 중얼거렸다.

“…저 내일은 쉴 건데요.”

다음날 운허는 툴툴거리며 연무장으로 올랐다.

며칠 전 학문에 대한 진전이 없어 명현에게 혼났다.

그래서 며칠 동안 태극기공에 대한 수련을 하지 않을 셈이었다.

하지만 어제 갑자기 내일 보자며 사라진 한 노인이 문제였다. 약속이 아니라 일방적인 통보였지만 이상하게도 나와야 할 것 같은 기분이 들었다.

“응? 할아버지가 없네.”

연무장에 들어선 운허는 먼저 전날의 노인을 찾았다.

그러나 그는 없었다.

“뭐야? 약속은 지키는 거랬는데.”

운허는 투덜거리며 몸을 풀기 시작했다.

먼저 손목과 발목의 관절을 풀고 기지개를 쭈욱 펴려는 순간,

“먼저 와 있었구나, 아이야.”

전날처럼 등 뒤에서 그 목소리가 들렸다.

"왜 늦으셨어요? 어라?"

운허가 바로 고개를 돌려 보니 역시나 전날의 노인이 서 있었다.

그런데 이번에는 의관을 제대로 갖춘 모습이다.

"도사셨어요?"

운허가 놀라 물었다.

노인이 입고 있는 것은 그와 같은 화산의 도복이었다. 그렇다면 자신보다 항렬이 높을 것은 당연했다.

'장문인 할아버지랑 사형제 사이이려나?'

운허는 청송을 떠올렸다.

그가 아는 화산의 최고 연장자는 그뿐이다.

그러니 자연히 청자배의 인물이라 생각한 것이다.

"나는 늦지 않았단다."

노인이 자신의 결백을 주장하자 운허는 삐쭉 입술을 내밀었다.

"전 기다렸는데요?"

"네가 먼저 온 거란다."

"으음……."

노인의 말에 운허는 고민에 빠졌다.

태연한 그의 모습을 보니 마음이 흔들렸다.

그가 마음대로 나오라고 한 것 때문에 사문의 어른인 그에게 따지고 든 것이 아닌가.

운허는 현실과 타협하기로 했다.

"알겠어요. 제가 착하니까 할아버지 말을 믿을게요."

스스로의 말에 흡족한 표정으로 고개를 끄덕이자 노인이 말했다.

"그건 아닌 것 같구나."

"맞거든요. 우리 사부님이 저 착하다고 했어요."

"다른 사람들은?"

"저 보고 버릇없고 멍청하다… 아앗!"

운허는 그만 자신의 입을 틀어막았다. 자신을 보며 빙긋 웃는 노인을 보며 운허는 볼멘소리를 냈다.

"할아버지, 나빠요. 일부러 그런 거죠?"

"내가? 무엇을 말이냐?"

"저 착하단 말이에요!"

"착한 것과 멍청한 것이 비슷하기는 하구나."

"이이이! 아니라니까요!"

노인의 말에 운허는 분통을 터뜨렸다.

어찌나 억울한지 얼굴이 시뻘겋게 달아올랐다.

"너는 내가 누군지 알고 있느냐?"

"몰라요."

"너의 사부인 명현이가 나의 사손이 된단다."

"우리 사부님이요?"

"그래, 내가 옥양자다."

노인은 스스로 옥양자라고 밝혔다.

옥양자.

전전대의 검의 최고수들을 일컬었던 칠검봉 중에서도 매화검봉이라는 별호로 가장 유명했던 것이 바로 그다. 지금에서야 공식적인 활동은 하지 않고 있지만 현 화산의 장로 중에서 배분이 가장 높은 그였다.

"그, 그게 누군데요?"

그런 그를 보며 운허는 더듬거리며 물었다.

"나다."

"그러니까 그게 누구예요?"

"……."

옥양자는 입을 다물어 버렸다.

저 어린아이는 정말로 자신을 모르는 것이 분명했다. 소문대로 좀 모자라다는 말이 영 틀리지는 않은 것 같았다.

"내가 옥양자다. 지금은 장로의 직책에 있단다. 너에게는 태상조(太上祖)가 되지."

"진짜 장로님이세요? 우와! 저 장로님 처음 봬요! 장문 할아버지보다 더 젊어 보여요!"

운허의 높아진 목소리에 옥양자가 살짝 웃어 보였다.

그는 청송보다 못해도 스무 살은 더 많았다. 그럼에도 그가 더 젊어 보이는 것은 간단했다.

세월의 흐름조차 그에게서 빗겨갔기 때문이다.

"나는 화산제일인이다."

"왜요?"

“내가 화산에서 제일 강하기 때문이다.”

“와아! 좋으시겠어요.”

“아니다. 나는 전혀 좋지가 않구나.”

“욕심이 많으신가 봐요?”

“욕심이라…….”

운허의 말에 옥양자가 작게 중얼거렸다. 그리고는 이내 고개를 끄덕였다.

“그래, 나는 욕심이 많았단다. 그리고 지금도 많지.”

“욕심이 많으면 나빠요.”

운허의 말에 옥양자는 고개를 끄덕였다.

“그 말이 맞구나. 나는 나쁜 도사란다. 그래서 내 제자를 죽게 했지.”

“저한테 사조님 되시는 분이요?”

“그렇단다. 나는 그 아이보다 화산을 더 사랑하고 말았단다. 그 아이는 아마 죽어서도 나를 원망하지 않을까 싶구나.”

“아니에요.”

“너는 왜 그렇게 생각하는 것이냐?”

옥양자를 보는 운허의 표정이 달라져 있었다.

방금 전까지 얼빠져 보이던 어린아이의 것이라 생각할 수 없게 진지해져 있었다.

“화산을 사랑하는 사람은 화산의 사람을 죽게 하지 않아요. 그리고요, 부모는 자식을 죽이지 않아요.”

“…….”

옥양자는 순간 할 말을 잃어버리고 말았다.

맞는 말이다.

부모가 자식을 죽일 리 없다.

그는 자식과 같은 제자를 죽음에 이르게 만들었다. 그럼 무엇을 사랑했는가.

정말 제자를 사랑했을까.

도대체 무엇을 사랑했던 것인가.

"나는 나만을 사랑했구나."

옥양자는 그걸 깨달았다.

그는 씁쓸한 표정을 감추지 못했다.

그러나 시간이 지날수록 흔들렸던 그의 눈은 고요해졌다.

"너는 그 아이를 닮았구나."

"누구요? 저희 사부님이요?"

"아니. 방금 전에 죽었다는 네 사조의 어릴 적과 정말 많이 닮았구나."

옛날이야기에 옥양자의 눈이 아련해졌다.

"저처럼 착했어요?"

"너처럼 둔했단다."

"…그럼 저랑 많이 다른데요."

운허가 볼멘소리로 대답했다.

"그래서 똑같은 거란다."

"……"

거듭된 옥양자의 말에 운허는 뚱한 표정을 지었다.

사조와 닮았다고는 하는 것까지는 괜찮은데 둔하다는 소리
까지 듣게 되자 기분이 좋지 않았다.
옥양자는 허리를 숙여 운허와 시선을 맞추었다.
"나에게 무공을 배우거라."
"싫은데요."
"나는 너를 화산제일인으로 만들 수 있다."
"안 돼요!"
운허는 너무나 단호하게 거절했다.
"나에게 무공을 배우지 않으려는 이유가 무엇이냐?"
잠시 자존심이 상해 침묵을 지키던 옥양자가 물었다.
"태상조님은 무인이세요?"
"그래. 내가 화산제일인이다."
"전 도사예요."
"뭐?"
"도사는 도를 배워요. 그래서 안 돼요."
그리고 운허는 연무장을 내려갔다.
옥양자는 멍하니 그 뒤를 보고 있었다.

第三章
폭풍전야 (暴風前夜)

구파일방은 정파의 주축이다.

그들은 짧게는 수십 년에서 길게는 백 년이 넘게 현재의 체제를 유지하고 있었다.

그것이 어떻게 가능했던 것인가.

그들 개개인의 무력이 강해서만은 아니었다.

개방을 제외한 나머지는 불교와 도교를 근거로 둔 곳이다.

남녀노소와 신분 고하를 가리지 않고 수많은 이가 그들을 찾아왔다.

그 인맥은 고스란히 그들의 힘이 되었다.

불교에 비해 도교를 믿는 문파가 많은 것도 그 때문이다.

민간에서 더 믿는 것이 도교이기 때문이다.

그러나 구파일방 중 도교에 뿌리를 둔 칠 파는 대륙 각지에 퍼져 있어 서로 간의 교류가 다소 제한적이었다.

그러다 종내엔 서도교와 동도교로 나뉘게 되었다.

서도교란 곤륜과 공동, 청성, 점창을 일컬으며 동도교는 화산과 무당, 종남, 항산을 일컬었다.

서도교와 동도교는 삼 년에 한 번씩 도학제(道學祭)라는 정기적인 만남을 이어갔으며, 십 년에 한 번씩 모든 도교의 문파들이 모이는 대도제(大道祭)를 실시하였다.

이번 도학제는 화산에서 열릴 차례였다.

어느새 화산에서 삼 년차를 맞이한 운허로서도 이토록 분주한 화산에서의 생활은 처음이다. 청자배부터 운자배를 포함하여 속가제자들까지 도학제 준비에 여념이 없었다.

하지만 어린 도사들은 배움이 중요한 시기이기에 평소와 같은 일정이었다.

운허도 그 어린 도사 중 하나였다.

주변이 바빠도 다른 세계의 일이란 느낌이 들었다.

직접 겪어본 적이 없으니 그 중요성을 실감할 수 없었다.

그래서 운허는 학도당주로서 도학제 준비에 여념이 없는 명현의 옆에서 조용히 그날 배운 경전을 읽고 있었다.

"저요?"

그러다 갑자기 찾아온 명종의 말에 어이가 없어 되물었다.

명종은 피곤해 보이면서도 짜증 섞인 표정이다.

"그래, 너 인마. 운자배라는 놈이 공짜 밥 먹고 다니려고 했냐?"

"저 어리잖아요. 그러면 평소 일과에 충실하면 되잖아요."

"열 살이면 다 컸지."

"대사백님, 이건 아니죠. 저 어려요. 저보다 나이 많은 삼대 제자도 평소처럼 지내잖아요."

운허의 항변에 명종이 코웃음을 쳤다.

"그러면 배분으로 끊어. 이대제자 중에 너 말고 다 일하잖아. 어린놈이 어디서 건방지게 나도 못 쉬는데 가만히 있어?"

"우와아! 대사백님이 못 노신다고 저한테 이러시는 거예요?"

"아니. 난 그냥 너를 정당한 노동의 세계로 인도를 하려는 것뿐이야. 잔말 말고 짐 싸서 내 일이나 도와."

"대사백님, 진짜……."

운허는 차마 말을 이을 수가 없었다.

예전이라면 뭐든 시켜만 주면 좋다고 달려들었을 것이다.

그러나 이제는 눈치도 제법 생겨서 낄 때와 그렇지 않을 때를 분간할 수 있었다.

운허가 보기에 도학제는 끼어서는 안 될 판이었다.

그래서 가만히 지내려고 했다.

그런데 명종이 이렇게 나올 줄이야.

운허는 어처구니가 없었다.

이대로 명종에게 끌려가 도학제 준비를 도와야 될지도 모른다는 생각에 억울한 마음만 생겼다.

"사부님, 대사백님 좀 말려주세요."

결국 운허에게 남은 것은 사부인 명현밖에 없었다.

밤새 경전을 살피며 도학제 때 논의할 주제를 선별하던 명현은 피곤한 눈으로 운허를 보았다.

"이것도 좋은 경험이 될 것 같구나."

"사, 사부님, 그래도 저는 아직……."

"너 스스로 어리다는 것을 알고 있다면 네게 부족한 것이 무엇인지도 알고 있을 것이다. 다양한 경험은 너를 더 성장시킬 것이니 대사형을 따라가는 것도 좋을 듯싶구나."

"하지만요, 사부님. 대사백님은……."

운허는 다급한 표정으로 이런저런 말을 하기 시작했다.

그러나 명현은 결정을 내린 것에 번복을 하지 않는 성격이다.

그는 이번 기회가 운허에게 도움이 되리라 여긴 것이다.

그가 뜻대로 도와주지 않자 운허는 다급해졌다.

발을 동동 구르며 초조하게 명종과 명현을 둘러보다 힘없이 고개를 푹 숙이고 말았다.

"알았어요. 할게요."

울상을 짓는 운허의 뒤로 명종이 환한 미소를 지었다.

*　　*　　*

도학제가 코앞으로 다가오면서 향화객의 출입도 제한되

었다.

화산은 본격적으로 손님들을 맞이했다.

그때부터 가장 바쁜 것은 지객당을 맡은 명종이었다.

명종은 참가 명단을 확인하여 숙소 배치를 미리 하는 것은 물론이고 해당 숙소 시설 관리를 도맡아야 했으며 도학제를 보기 위해 올라오는 외부인까지 신경 써야 했다.

그 살인적인 업무에 명종은 여기저기 성질을 부렸다.

일손이 부족하다는 이유로 속가는 물론 어린 도사들까지 도관의 청소를 시키는 만행을 저지를 정도였다.

거기서 운허는 미묘한 상태로 있었다.

다른 운자배처럼 무언가를 담당하기에는 너무나 어렸다. 그렇다고 삼대제자들처럼 잡일을 시킬 수도 없었다. 삼대제자들이 운허는 쉬게 하고 자기끼리 일을 해버렸기 때문이다.

결국 운허는 명종의 시동 역할을 수행해야만 했다.

그때부터 운허는 급속도로 피곤해졌다.

명종은 지객당주로서 화산에 모이는 모든 사람과 만나야 했다. 그 옆에서 수발을 들어야 하니 운허는 정말 눈코 뜰 새 없이 바빠졌다.

처음에는 나쁘지 않았다.

태어나서 그토록 많은 도사를 보게 된 것이 처음이다.

외부인도 정말 많이 볼 수 있었다. 귀한 비단옷을 입은 이들이 잔뜩 돌아다니는 것을 보니 참으로 신기했다.

귀여운 꼬마 도사님이라 불러주는 것은 나쁘지 않았다.

그러다 뒤늦게 자신의 배분을 알고 쩔쩔매며 존댓말을 쓰는 것은 통쾌한 경험이기도 했다.

하지만 그것도 한두 번이어야 웃어넘길 수 있다.

지객당에서 숙소를 배정해 주는 과정에서 계속 일어나다 보니 명종이나 운허도 이것저것 설명하기 귀찮아지기 시작했다. 나중에는 그냥 그러려니 하고 넘겨 버렸다.

물론 명종의 제자라 오인하는 경우는 예외였다.

운허는 상대가 누구이든지 간에 자신은 절대 명종의 제자가 아니라며 정색을 했다.

그러다 도학제가 시작되자 눈에 띄게 일거리가 줄어들었다.

그래서 운허는 명종 옆에서 며칠 만에 제대로 된 휴식을 취하고 있었다.

하지만 그 휴식이 결코 달갑지가 않았다.

운허는 나가서 놀고 싶었다.

도학제에서 서로의 기량을 뽐내는 다른 문파의 도사들을 보고 싶었다.

사부인 명현이 그들 사이에서 얼마나 좋은 모습을 보일지 너무나 궁금했다.

그런데 명종이 운허를 보내주지 않았다.

그냥 편하게 옆에서 조용히 쉬라는 것이다.

옆에 두고 계속 놀려먹겠다는 것임을 알면서도 운허는 어쩔 수 없이 그의 곁에 있어야만 했다.

그러니 운허는 쉬고 있는 내내 울상이었다. 아무것도 하지 않고 있으려니 여간 불편하고 답답한 것이 아니었다.

운허는 명종을 곁눈질했다.

그는 비스듬히 벽에 등을 기댄 채로 도학제의 참여 명단만 보고 있었다.

그러다 그는 찻잔이 비자 운허를 불렀다.

"운허 도사, 나 목이 말라 차 좀 마시고 싶은데."

"대사백님, 차도 너무 마시면 안 좋아요."

"뭐가 안 좋은데?"

"오줌 나와요. 많이요. 그러다 밤에 실례하세요."

"뭐든지 들어가면 나가는 거야. 귀찮다고 빼지 말고 어서 끓여 와. 이 대사백께서 삐쩍 마른 채로 등선하시기 전에."

"물배 때문에 무거워서 등선 못하실 것 같아요."

혀를 살짝 내밀며 운허는 다기를 들고 밖으로 나갔다.

청송의 영향을 받아 차를 자주 마시는 명종의 수발을 드느라 차를 끓이는 것에 익숙해져 있었다.

운허가 돌아왔을 때 그는 아예 바닥에 드러누워 있었다.

"나에게 차를 주지 않으면 업무를 보지 않겠다."

"누가 보기 전에 어서 일어나요. 여기서 주무시면 입 돌아가요."

"차 줘, 차."

"그대로 입에 부어드리면 되요?"

"잠깐만. 치워. 자, 잠깐. 일어날게. 사질, 잠깐. 멈춰!"

운허가 김이 펄펄 끓는 공도배(公道杯)를 그의 얼굴 위로 가져다 대자 명종은 황급히 상체를 일으켰다.

"사질, 그러면 내 잘생긴 얼굴이 상해. 내가 접객을 못하면 도학제에 큰 지장이 있다고. 귀중한 얼굴에 그런 위험한 짓을 하면 안 되는 법이야."

"도는 마치 유수와 같다고 했으니 위에서 아래로 떨어져야만 해요. 거기다 사백님이 고수는 펄펄 끓는 물에 들어가도 괜찮다고 하셨잖아요. 이대로 부으면 세수도 되고 차도 마시고 좋을 것 같아요. 귀찮으셔서 찻잔 들기도 싫으시잖아요."

그러면서 운허는 정말로 공도배를 기울였다.

목표는 명종의 입이다.

명종은 황급히 손을 내저었다.

"그거야 장난이지. 입안에 넣으면 내 입천장 다 까져. 진짜 부으면 계속 나 수발들어야 할지도 모르는데?"

"헤헤헤, 그건 싫어요."

운허는 곧장 몸을 돌리고는 명종의 빈 찻잔을 채웠다.

명종은 작게 한숨을 쉬었다.

"벌써 저렇게 능글맞아지다니. 화산이 어떻게 되려고."

운허의 순수했던 모습이 사라지니 놀리는 것도 재미없어졌다.

그는 푸념을 멈추지 못했다.

"너를 놀리는 재미도 없으니 살아갈 낙이 없구나. 망할, 기껏 해봐야 말코들 모이는데 왜 이렇게 귀찮은 거야."

"사백님이랑 저도 말코예요?"

"당연하지. 말코 중에 아주 상말코야. 사질, 우리 사질 어렸을 때처럼 놀까? 누가 더 오래 누워 있기 같은 것 어때?"

"안 돼요. 저 바빠요."

"에이, 뭐가 바빠. 매일 여기서 차만 타면서."

"아니에요. 저 되게 바쁘고 힘든 일이라고 했어요. 다들 대사백님이랑 함께 있다고 하니까 제발 오래 버텨달랬단 말이에요."

운허의 말에 명종이 기가 차 물었다.

"허어, 감히 누가 그래?"

"사형들이요. 오늘도 운진 사형이랑 운광 사형, 운학 사형이 부탁하고 갔어요."

"다 내 제자들이네?"

"예. 저한테 먹을 것도 줬어요."

운허의 말에 명종의 머릿속으로 그가 거둔 제자 세 명의 얼굴이 하나씩 스쳐 지나갔다.

"오늘도?"

"예. 대사백님이 저 여기 데려올 때부터 제발 오랫동안 참아달랬어요. 심심하면 자기들 괴롭힌다고 그랬어요."

운허는 다 우린 찻잎을 꺼내어 꼭꼭 씹어 먹었다.

"내가 그놈들 가만히 두나 봐라."

명종은 작게 중얼거렸다.

그와는 달리 운허의 입가에는 만족스러운 미소가 번졌다.

찻잎을 먹으니 기분 좋은 쌉쓸함에 공복감이 달래졌다.

"그런데 왜 자꾸 명단만 보세요?"

"찾아오는 사람 중에 재미있는 사람이 너무 많아. 그래서 귀찮게 되어버렸어."

"재미있는데 왜 귀찮아요?"

"말코도사들이 너무 많이 와. 그래서 재밌는 사람들이 있을 자리가 부족하단 말이지."

"도학제에 도사들이 당연히 많이 와야죠. 그리고 말코도사란 말은 나쁜 거랬어요."

"흥! 도사들이 많아봐야 뭐 해. 아직 네가 다른 도사들을 제대로 모르나본데 사실 이 도학제는 서로 간에 도를 나누는 자리가 아니야."

"그러면요?"

"상대방이 얼마나 강한지 보는 자리야. 기 싸움이지. 마치 골목대장 뽑는 것처럼 여기서 이기면 동도교 대장이라 으스대는 거야. 우리 이 정도니까 덤비지 마라, 이 정도?"

명종의 말은 무척이나 위험한 것이었다. 지나친 비약이다. 하지만 일견 맞는 부분도 있었다.

구파일방은 너무나 강해졌다.

자존심도 높아졌다.

서로 간에 목소리가 크면 자연히 일어나게 되는 것이 싸움이다.

도학제에서도 지나친 경쟁이 일어나고는 했다.

하지만 서로 간에 경쟁이 없다면 발전도 없게 마련이다. 적

어도 지금까지는 도학제의 취지가 흐려지는 정도까지 치달은
적은 없었다.

명종도 그 정도까지는 싫어할 이유가 없었다.

그가 정말로 싫어하는 것은 외부인의 참가였다.

도학제가 오랫동안 진행되면서 외부인도 참관하게 되었다.
일반 백성이 아니라 상인들과 지주, 무림인은 물론 간혹 관인
도 섞이기 시작했다.

그들의 목적은 단 하나였다.

동도교 중에서 가장 저력이 있는 곳과 접촉하기 위함이다.

도사들도 자연히 욕심을 내었다.

남들보다 더 많은 지원과 협력을 통하여 자신이 속한 사문
을 번영시킬 수 있다면 누가 잠자코 있을까.

“그럼 우리 화산이 대장이에요?”

“글쎄다. 아직은 무당이라고 봐야겠지.”

“왜요? 저희 약해요?”

“강하지. 다만…….”

명종은 말을 잇지 못했다.

이분화산.

화산파가 성장하면서 두 개의 파벌로 나뉘어졌다.

원래 도가를 지향하던 모습으로 돌아가자는 근원파와, 변화
를 받아들이자는 무극파.

운허의 태상조가 되는 옥양자가 대표적인 근원파였다.

무극파가 세력을 넓히며 옥양자는 자신의 제자였던 청문을

장문인으로 만들어 화산파를 원래의 모습으로 만들고자 했다.

무극파가 그걸 가만히 둘 리가 없었다.

그들에게는 청송이 있었다.

근원파와 무극파의 갈등은 서로의 의견을 주장하며 심화되었다.

점점 격앙되는 갈등 속에서 그들에게는 더 이상 같은 사문이라는 개념조차 희미해졌다.

그리고 마침에 사단은 일어났다.

그들은 결단코 물러나려고 하지 않았다.

끝내 근원파와 무극파는 서로를 적이라 구분지었다.

다른 파벌에게는 배분 따위는 없었다.

서로를 상처 입히며 죽이려는 시도도 몇 번이나 있었다.

이대로는 화산파는 끝이다.

모두가 그렇게 느꼈다. 더 이상 화산에 희망은 없었다.

그러나 그때 이분화산이 끝을 맺었다.

근원파가 모든 것을 걸었던 기재, 은거도학(隱居道學) 청문이 죽었다.

누가 죽인 것이 아닌 자살이었다.

근원파는 공황에 빠졌다.

그들이 무엇 때문에 이렇게 버티었던가.

화산파의 백 년을 책임질 인재가 청문이었기 때문이다.

근원파는 결국 뜻을 꺾었다.

무극파에서도 청송이 직접 그 어떤 차별도 없이 화산파를 이끌겠다는 다짐을 했다.

그 치욕스런 일로 인하여 화산의 위명은 바닥까지 떨어졌었다.

그 일 이후 화산의 위치는 동도교의 맨 아래였다.

그래서 이번 도학제가 중요했다.

화산이 여전히 건재함을 보일 수 있는 최적의 기회였다.

"기대되지 않니? 이번에는 어떤 말코도사가 속한 곳이 대장 노릇을 할지가 말이다."

"쉬잇. 자꾸 그런 말 쓰지 말아요. 그러다 정말 말코도사 되시면 어쩌시려고요."

운허가 검지를 입술에 가져다 대며 조곤조곤 말했다.

명종은 기가 찼다.

"얼씨구. 윗사람한테 말코도사란 말도 이제 과감하게 하는구나."

"헤헤헤, 이건 실수예요."

"실수는 하지 말라고 있는 거다."

"그럼 왜 계속하세요?"

"……."

"그래도 제가 사과는 먼저 할게요."

명종이 대답을 하지 못하자 운허가 의기양양하게 말했다.

"그런데 전혀 미안해하지 않는 표정이구나."

"먼저 사과하는 사람이 이기는 거라고 들었어요. 이번에도 제가 이긴 거예요."

“이번에도 이겼다고?”

“예. 맨날 사백님께서 잘못하고 제가 먼저 사과하잖아요.”

그 맹랑한 말에 명종은 어이가 없었다.

“너는 갈수록 나를 닮아가는 것 같아.”

“우아악! 욕하지 말아요! 도사가 욕하는 것 아니에요!”

그의 솔직한 감상에 운허가 자리를 박차며 소리쳤다.

“얌마! 그게 왜 욕이야? 나 닮으면 칭찬이야!”

“사부님한테 다 이를 거예요. 장문인 할아버지한테도 다 이를 거야. 나 사백님 닮았다고 흉봤다고!”

얼굴을 붉히며 화를 내는 운허를 보며 명종은 주먹을 쥐었다.

그때 문을 열며 누군가가 들어왔다.

도학제에 참가한 무당 도사들의 책임자인 현청이었다.

그를 본 명종의 얼굴이 구겨졌다.

“뭐야, 무당 말코 아냐. 나 쉬는 중이야.”

“알고 있어. 밀담을 나누려고 왔으니까 둘만 있으면 좋겠는데.”

현청은 운허에게 시선을 옮겼다.

“쩝. 운허야, 나가 놀아라.”

“에헤헤. 예!”

명종의 말이 떨어지자 운허는 곧장 자리를 박차고 나갔다.

“방금 전에 그 아이는 제자?”

운허가 나가고 현청이 물었다.

"명현이 놈 제자야. 네가 보기에는 어떠냐?"

"그저 그러네. 구도검의 안목이 애석하군."

"그래서 대단한 거야."

"…그게 무슨 소리야?"

현청의 물음에 명종은 히죽 웃으며 화제를 돌렸다.

"찾아온 이유나 말해."

"본 파에서 화산과 더 좋은 관계를 만들자는 의견이야."

현청의 말에 명종이 머리를 긁적였다.

"조건은 뭐야?"

"없어. 종남과 항산의 왕래가 잦아진 것이 신경 쓰여서 그런 거야."

"무당답지 않게 좀스럽네."

"괜히 무당이 아니지. 너네 장문인께 전해줄 거지?"

"그래야지."

화산의 위세가 꺾이고 이득을 본 것은 종남이다.

그러나 화산은 빠른 속도로 예전의 성세를 되찾아가고 있다.

같은 섬서 지역에 위치한 종남이 좋게 볼 리 없었다.

화산이 다시 예전의 성세를 찾는다면 종남은 뒤처지게 될 것이 분명했다.

종남은 그걸 원하지 않았다.

그래서 항산파와 돈독한 친분을 쌓아 나가기 시작했다.

그러니 무당도 가만히 있을 수 없게 되었다.

그 부분에 대한 이야기가 끝나자 명종이 의심스런 표정으로 물었다.

"겨우 그거 알려주려고 왔냐?"

"아니. 심심하잖아. 오랜만에 너랑 만났는데 가만있을 수 없잖아."

현청의 입가에 미소가 걸렸다.

*　　　*　　　*

도학제의 공식적인 일정이 끝났다.

화산의 분위기는 전체적으로 고무되어 있었다.

저번과 달리 경전의 암송, 토론 및 논검과 같은 부분에서 우수한 성적을 드러낸 것이다.

특히 종남과의 맞대결에서 매번 이겨내는 성과를 이루었다.

그러나 아쉬운 것이라면 무당과의 격차였다.

그들과 재주를 겨루면 동수를 이루거나 한 수 정도 부족했기 때문이다.

동도교에서 무당이 가장 큰 세력임이 재확인된 것이다.

그러니 폐회연에서 무당이 가장 주목을 받았다.

그들과 연을 잇기 위해 많은 이가 애를 먹고 있었다.

반대로 항산과 종남 쪽의 분위기는 착잡하게 가라앉아 있었다.

동도교에서 가장 큰 세를 구가하던 것이 무당과 화산이었다.

이분화산을 겪고 나서 나락으로 떨어질 줄 알았던 화산은 어느새 기세를 회복해 왔으며 무당은 독보적인 입지를 굳히고 있었다.

항산과 종남의 노력은 빛이 바래 버렸다.

화산을 이겨내고 무당을 끌어내릴 수 있으리라 믿었다.

하지만 결과는 실망스러웠다. 화산은 턱밑까지 쫓아왔는데 무당은 여전히 머리 위에 있다.

상대적인 자괴감은 어쩔 수 없었다.

하지만 그들은 그러한 기색을 금방 떨쳐내었다.

도학제는 상대방과 비무하는 장이 아니다.

한 문파를 대표하여 왔음에도 좋은 결과를 이끌지 못한 것은 아쉽지만 그에 목매고 있을 필요는 없는 것이다.

그러자 폐회연의 분위기는 조금 더 부드럽게 흘러갔다.

운허가 명현에게 물었다.

"사부님, 저쪽 표정이 밝아졌어요. 왜 그럴까요?"

"도학제는 동도교의 문파가 상호 교류를 위해 시작한 것이다. 최근에는 경쟁이 과열되었다고는 하여도 원래의 취지를 잊을 만한 이들이 아니란다."

"하지만 꼭 그런 것 같지는 않던데요."

"모두 사문을 위해 노력을 해온 이들이다. 그런데 만족스러운 성과를 얻지 못한다면 누구나 실망하는 것이지. 네가 밤중에 불장난을 하다가 침상에 지도를 그린 것처럼 말이다."

"아으으으, 사부님!"

혹시 누군가 들을까 봐 얼굴이 붉어진 운허는 주위를 휙휙 둘러보았다.

같은 화산의 도사들이 운허를 보고 웃음을 참고 있었다.

운허는 그들을 보며 분통을 터뜨렸다.

"뭐가 그렇게 재밌으세요? 한 번 정도는 다 싸는 거잖아요!"

그 말에 주변의 도사들이 파안대소를 했다.

멀리 떨어진 이들까지 그들의 웃음소리에 시선을 두자 운허는 아무런 말도 하지 못했다. 그저 고개를 푹 숙이고 울상을 짓고 잇을 뿐이다.

"크흠, 미안하구나."

"사부님 나빠요. 대사백님 같아요."

"……."

사과를 하던 명현은 운허의 그 말을 듣고는 대화를 이을 수 없었다.

결국 그는 운허의 원망 어린 눈을 피하고자 자리를 떴다.

그 빈자리에 명종이 갑자기 주저앉았다.

옆에서 풍기는 기이한 냄새에 운허의 눈이 동그랗게 떠졌다.

"이거 무슨 냄새예요?"

"술."

"마셔도 돼요?"

“아니.”

“그럼 왜 마셔요?”

“내가 마신 것이 아니라 누가 내 몸에 술을 부어버렸지. 으하하핫!”

명종은 과장되게 웃음을 터뜨렸다.

그러자 방금 전과는 비교도 되지 않을 정도로 지독한 술 냄새가 풍겨왔다.

운허는 손으로 코를 막았다.

“대사백님, 냄새나요. 좀 씻으세요.”

“인석아, 이건 땀 냄새가 아니라 술 냄새야, 술 냄새.”

“그러니까 왜 드세요. 냄새나게.”

“도사가 술에 취하면 안 된다고 했지 술 먹지 말라는 말은 없었느니라. 그러니 너도 이 술 냄새에 익숙해야 밖에 나가 많은 사람을 만나게 되지.”

“술 맛있어요?”

운허의 물음에 명종이 태연하게 소맷자락에서 작은 술병 하나를 꺼내었다.

“당연하지. 맛이라도 보여줄까?”

“장문 할아버지 것은 없어요?”

“응, 없어. 늙은이한테 주기에는 술이 아까워. 그러니 그냥 마셔라. 어른이 주면 그냥 마시는 거야.”

명종이 운허의 손에 그 술병을 쥐어주는 순간,

“그 늙은이가 네 뒤에 있단다, 이 썩어 빠질 제자야.”

청송의 목소리가 뒤에서 들려왔다.

명종은 창백해진 얼굴로 천천히 고개를 돌렸다.

"강녕하십니까, 사부님. 날씨가 참 좋지요? 으하핫."

명종이 사람 좋은 웃음을 흘렸다.

"나가, 인마."

"예."

청송이 밖을 가리키자 명종은 머리를 감싸 쥐며 무당파 도사들 쪽으로 건너갔다.

"쯔쯧, 언제 철이 들꼬."

혀를 차는 청송을 운허가 불렀다. 손에는 명종이 두고 간 술병이 있었다.

"할아버지, 이거 어떻게 해요?"

"응? 그건 그냥……."

"저 먹어요?"

"내가 처리해야겠구나."

청송은 소맷자락으로 그 술병을 숨겼다.

폐회연의 분위기가 무르익을 무렵, 무당파에서 현청의 사제인 현호가 폐회연의 중앙으로 걸어나왔다.

"오늘처럼 기분이 좋은 날에 어찌 가만있을 수 있겠습니까! 미천하지만 제 재주를 보일까 합니다!"

현호는 천천히 검을 뽑아 올렸다.

순백의 곧은 검신이 천장에 닿을 듯 높게 솟아올랐다.

"제가 보일 것은 태극검법입니다."

검을 쥔 오른손은 태극의 양을, 검집을 쥔 왼손은 음을 그린다. 한 차례 태극이 그려진 후 양발이 태극을 또 한 차례 그려 내었다.

좌중에서는 탄성이 흘러나왔다.

태극검법은 무당만이 아니라 여러 도문에 널리 퍼져 있는 검법이다.

하지만 그중 널리 알려진 것은 무당의 태극뿐이다.

무당 특유의 부드러운 흐름 속에 담긴 진의는 다른 문파에서 감히 따라할 수 없었기 때문이다.

현호의 태극검법에 대한 성취는 놀라웠다.

음과 양의 그 오묘한 바를 가장 잘 아는 것은 무당이다.

그의 검은 마치 그렇게 말하는 듯했다.

"부족한 솜씨를 높게 봐주어 감사할 따름입니다."

현호가 검을 추스르며 물러났다.

운허는 그 검무에 빠져 넋을 잃고 있었다.

어느새 옆에 다가온 명현이 그런 운허에게 물었다.

"방금 전의 검이 어떻더냐?"

"대, 대단해요. 무당의 태극이 강호의 일절이라는 것을 이제 알겠어요. 대단해요. 정말 대단해요."

"태극에 담긴 저 진의는 눈으로 본다고 따라 할 수 있는 성질의 것이 아니다. 특히 저 현호 도사의 경우에는 움직임 하나하나가 태극을 그리고 있으니 그 성취가 정말로 대단하다고 보아야 한다."

"어? 사부님, 그런데 항산에서도 나오는데요."

운허가 항산의 도사 하나가 일어나는 것을 발견했다.

"장청 도사가 나섰구나. 아무래도 너는 오늘 다른 세 문파의 무공을 모두 견식할 수 있는 기회를 얻게 될 것 같구나."

명현의 말이 끝나자마자 장청 도사의 몸이 움직였다.

장청이 먼저 펼친 것은 태극권이었다. 좀 전의 무당의 태극과는 달리 항산의 것은 다소 변칙적이고 빠른 분위기로 펼쳐졌다.

뒤이어 그의 손이 팔괘의 형태를 취했다.

허실을 줄이고 실전에 더 적합한 초식을 운용하는 항산파다운 팔괘장이었다.

그러다 허공에서 기이한 파공성이 들리기 시작했다.

"사부님, 소맷자락이 찢어져요."

운허가 장청의 몸에서 나는 변화를 알아차렸다.

그 파공성은 장청의 소맷자락에서 나는 소리였다. 점점 소맷자락이 찢어지기 시작한 것이다.

명현이 탄성을 터뜨렸다.

"저것이 항산의 평악장법이구나!"

"평악장법이요?"

"그래. 항산은 동도교 중 가장 실전적인 무공을 가지고 있다. 그들은 변칙적으로 초식을 사용한다고 알려져 있지만 사실 가장 기본에 충실한 편이기도 하지. 저 평악장법이 바로 그러한 무공이다.”

“어떤 것이 다른가요?”

“저 소맷자락만 찢어지는 것이 바로 그러하다. 저 평악장법은 평소 단전을 탄탄히 하지 않으면 펼칠 엄두조차 내기 힘든 무공이다. 단전이 탄탄해야 기의 발출이 자연스럽기 때문이지. 파공성과 함께 소맷자락이 찢어지는 것은 천이 장청 도사의 기를 감당하지 못하기 때문이다. 기의 운용은 물론 태극에서 팔괘, 그리고 평악장법으로 이어지는 저 연환은 과연 공동답다고 할 수 있겠구나.”

사실 그보다 놀라운 것은 이번 항산파의 책임자인 장청이 나선 것이다.

왜 그가 나섰을까.

그는 이 자리에서 직접 보이고 싶은 것이다.

무당은 태극만을 품었지만 항산은 다르다고.

태극에서 팔괘로, 그리고 마지막으로 평악장법으로 가진 재주를 뽐낸 것이 바로 그것이다.

그걸 보는 운허는 연신 탄성을 터뜨렸다.

다른 문파의 고수가 보여주는 무공은 화산의 무공과는 달리 경이로움을 느끼게 해주었다.

폐회연의 분위기는 점점 더 고조되었다.

장청이 물러나자 모두의 시선이 점창과 화산의 도사들에게 향했다.

그때 화산에서 명종이 자리에서 일어났다.

그러자 좌중에서는 기다렸다는 듯이 탄성이 터져 나왔다.

"사부님, 대사백님이 나서셨어요. 드디어 무공을 펼치는 것을 보는 건가요?"

"글쎄다. 또 무슨 일을 저지르실지."

잔뜩 기대하기 시작하는 운허와 달리 명현의 표정은 썩 좋지 않았다.

"저는 지객당을 담당하고 있는 명종이라고 합니다. 몇몇 분은 숙소가 왜 이따위냐고 불만을 가지신 것으로 아는데 도사가 사는 곳이 잘나봐야 얼마나 잘나겠습니까. 가실 때 방이나 잘 치워놓고 가주십시오."

그의 농에 좌중은 가벼운 웃음을 흘렸다.

그들은 잔뜩 기대한 눈으로 그를 보고 있었다.

명종의 사람됨이 가볍다고는 하지만 그건 화산 안의 평가일 뿐이다. 현 장문인인 청송의 제자로 이미 화산의 대소사를 책임지고 있는 그에 대한 외부의 기대감은 무척이나 높은 수준이었다.

"도학제의 진정한 의미는 네 문파의 교류라고 생각합니다. 그런데 최근에 들어서는 지나친 경쟁이 있지 않나 우려가 되었습니다."

그의 말에 상당수의 이들이 고개를 끄덕였다.

그러나 한 문파를 대표한 입장에서 왔으니 경쟁을 피할 수는 없었다.

"차라리 우리의 미래가 될 아이들이 가진 바 재주를 뽐내는 것이 어떻겠습니까.”

그 말에 다들 의외라는 반응을 감추지 못했다.

그 말은 자칫 잘못하면 화산이 항산과 무당에 한 발 물러나는 것처럼 보이기 때문이다.

그때 종남의 책임자인 무진이 일어났다.

“앞서 항산과 무당의 재주를 견식하였는데 가만있을 수는 없지요. 그러나 지나친 경쟁을 지양하는 바, 저희 종남은 화산의 의견을 존중하도록 하겠습니다.”

“…종남에서 그래주신다면야 저희야 좋지요.”

“그런데 어린 제자 하나가 여기 있는 분들의 눈을 만족시킬 수는 없을 것 같습니다. 그러하니 화산과 본 파의 어린 제자가 나와 비무를 하는 것이 어떻겠습니까.”

갑자기 일이 묘하게 변하기 시작했다.

예상과 달리 오히려 종남에서 먼저 대화를 주도하자 명종은 적잖게 당황했다.

계획대로라면 무당의 현청이 나서서 동조해야 했다.

그런데 왜 종남이 나서는 것인가.

그는 현청에게 시선을 돌렸다. 현청은 평정을 유지하고 있었지만 입꼬리가 계속 떨려오고 있었다.

일전 명종과 나눈 이야기를 종남에 흘린 것이 분명했다.

“저희 종남에서는 삼대제자 중 한 아이가 나설 것입니다. 화산에서는 누구를 보낼 것인지요.”

쐐기를 박은 무진의 입가에 미소가 감돌았다.

　명종은 잠시 화산의 도사들을 두리번거리더니 운허를 가리
켰다.
　"야, 너."
　"…예?"
　"뭐 하니. 나와."
　"저요?"
　운허는 어이가 없어 되물었다.
　"그래, 사질. 사질이 나와야지."
　명종은 어서 나오라며 손짓했다.
　옆에 있던 명현도 쉽게 입을 열지 못하고 말았다.
　"사, 사부님, 다녀오겠습니다."
　시선이 쏟아지자 운허는 엉거주춤한 자세로 일어나 명종의
옆으로 다가갔다.
　작은 목소리로 운허가 투덜거렸다.
　"대사백님, 저를 부르시면 어떻게 해요."
　"너 말고 누구를 불러."
　"저 말고 무공 잘하는 삼대제자도 많잖아요. 왜 저예요?"
　"괜찮아. 넌 배분도 높아서 뭐라 할 사람 없을 거야."
　그렇게 말하며 명종은 무진에게 운허를 소개했다.
　"무진 도장, 이 아이는 내가 각별히 아끼는 사제인 명현의
단 하나밖에 없는 제자인 운허라는 아이요. 비록 이 아이의 항
렬이 높다지만 본 파에 입문한 지 삼 년이 지났을 뿐이지요.
아마 종남의 어린 제자에게 크게 부족함은 없을 것이오."

명종의 말에 무진의 얼굴이 딱딱하게 굳었다.

"과연 구도검 명현의 제자입니까?"

운허를 보는 그의 눈이 착잡하게 가라앉았다.

"명성이 자자한 구도검의 제자에 비해 본 파의 제자가 부족하지 싶습니다만 어린아이이니 너무 탓하지 않기를 바랄 뿐입니다."

무진이 뒤를 보자 어린 도사가 자리에서 일어났다.

"종남 삼대제자인 도윤이라고 합니다."

도윤이 일어난 것을 본 명종이 말했다.

"저희 화산과 종남의 어린 제자들의 비무를 항산과 무당의 대표자 분들께서 승패를 보아주시는 것이 좋을 듯싶습니다. 개인적으로는 앞서 재주를 보여주신 두 분께 부탁하고 싶은데 어떻습니까?"

"저야 좋습니다."

"거절할 이유가 없지요."

장청과 현호가 승낙하자 명종은 어린 도사 둘에게 말했다.

"아직 검을 배웠어도 미숙하여 상대방에게 상처를 줄 수 있으니 기본적인 권각만을 사용하여 상대방과 겨루는 것을 원칙으로 한다. 낭심과 눈 등의 급소는 맞추지 말아야 할 것이다."

그러면서 간단하게 지켜야 할 것을 몇 가지 더 말해주고는 뒤로 물러났다.

이러한 비무 자체가 낯선 운허가 조심스레 말했다.

"어… 음, 세 번 양보할게요."

“알겠습니다. 그럼 전력으로 가겠습니다.”

말이 끝나자마자 도윤이 왼발을 내디디며 오른쪽 주먹을 강하게 내질렀다.

허리와 어깨를 비틀어 내지른 무게가 실린 일격이었다.

운허는 당황하지 않고 뒤로 한 발걸음 물러났다.

그러자 도윤은 운허에게 바짝 다가가 그의 옷자락을 움켜쥐었다.

운허는 도윤의 손을 뿌리치려고 했다.

그러나 그 손은 점점 더 강하게 옷자락을 쥐고 있었다.

운허는 도윤의 다리를 걸어차려고 했다.

그러자 도윤은 오히려 운허의 몸을 그대로 밀어버렸다.

균형을 잃은 운허가 비틀거리자 열려진 품 안으로 도윤이 쌍장을 뻗었다.

운허는 왼발을 축으로 몸을 비틀었다.

하지만 거리가 워낙 가까워 다 피할 수는 없었다.

결국 쌍장이 한쪽 어깨를 후려치고야 말았다.

운허는 이를 악물고 고통을 참았다. 잘못해서 가슴을 맞았다면 그대로 정신을 잃었을 것이다.

그러는 사이 도윤이 운허를 걸어차려고 했다.

운허는 가슴 위로 양팔을 들어 올렸다.

그가 의도한 것이었을까, 아니면 도윤의 발이 생각보다 낮았기 때문일까.

운허의 팔꿈치에 도윤의 발이 부딪쳤다.

운허가 쓰라려 팔꿈치를 쓰다듬을 정도이니 걷어찬 도윤이
느끼는 통증은 상상을 초월했다.

도윤은 그 고통이 너무 커서 뒤로 절뚝절뚝 물러났다.

"이게 비무야? 그냥 싸움이잖아."

그걸 보며 운허가 기분이 나빠 투덜거렸다.

지금의 도윤은 비무라고 보기에는 어려울 정도로 지나치게
호전적으로 운허를 밀어붙이고 있었다.

도윤도 그걸 알고 있음인지 얼굴을 붉혔다.

"지금부터 운봉수(雲峰手)를 펼치겠습니다."

"음, 그러면 나는 태극기공을 펼치겠습니다."

잠시 고민하던 운허는 가장 자신있는 무공을 언급했다. 이
때까지 배운 것 중 남들 앞에서 펼칠 만한 것은 태극기공밖에
없었다.

그러자 화산 측 도사들의 표정이 일그러졌다.

태극기공은 행공이다.

비무에서 쓸 것이 아니다.

그저 몸을 단단하게 하려는 목적을 지니고 있을 뿐이다.

그에 반해 운봉수는 상대를 제압하기 위한 무공이다.

그런데 태극기공으로 운봉수를 대적한다고?

말이 안 된다. 비록 어린 도사들 간의 비무라고는 하지만 엄
연히 종남과 화산의 이름이 걸린 비무이다.

어린 나이에 비하여 무공이 탄탄해 보이는 도윤과 달리 운
허는 그 또래에 비하여 아직도 뒤떨어지는 편이었다.

그런데 종남의 운봉수에 태극기공으로 맞서다니.

화산의 도사들로서는 눈앞의 결과에 눈앞이 캄캄해졌다.

이미 비무가 시작되었는데 끼어들 수도 없는 노릇이다.

도윤과 운허는 기수식을 취하며 서로를 바라보았다.

먼저 공세를 취한 것은 역시나 도윤이었다.

그의 일장이 바람을 갈라왔다.

그러자 운허도 몸을 움직였다. 마치 하품을 하는 것처럼 보이는 그 기이한 동작으로 일장을 옆으로 흘려보내고는 허리를 틀어 양팔을 좌우로 흔들었다.

도윤은 미처 피하지 못하고 뺨을 두 대나 얻어맞았다.

예상치 못한 반격에 좌중이 놀라는 찰나, 이를 악문 도윤이 다시 두 차례 손을 뻗었다.

이번에 운허는 맞서지 않고 옆으로 물러났다.

그러자 힘을 얻은 도윤은 운허의 무릎 쪽을 향해 일장을 뻗었다. 운허가 다리를 슬쩍 들어 올리자 도윤은 기다렸다는 듯 일장을 틀어 무릎이 아니라 옆구리를 후려쳤다.

"어윽!"

예상치 못한 일격에 운허가 뒤로 몇 걸음이나 물러났다.

도윤은 그걸 놓치지 않았다. 점점 아파오는 다리의 통증을 뒤로한 채로 높게 뛰어올라 운허의 어깨를 향해 손을 내려쳤다.

맨 처음 가격한 곳을 노려 빨리 끝내겠다는 셈이다.

뒤늦게 그걸 안 운허는 화들짝 놀라 황급히 손을 저었다.

하지만 힘에서 밀려 버렸다.

도윤의 손에는 이미 내력이 잔뜩 실려 있는 상황이었다.

운허는 다시 한 번 도윤에게 어깨를 맞아 뒤로 물러났다. 어깨가 시큰거리며 파르르 떨려왔다.

'나보다 세.'

자연스레 운허는 그렇게 생각했다.

힘에 부쳤다.

사실 제대로 된 공격 한번 못하고 있는 상황이다.

'그런데 안 무서워.'

이상했다.

비무를 하기 전에 명종이 불렀을 때는 무서웠다.

처음 보는 도윤과 정말 비무를 할 수 있을까. 정말로 이길 수 있을까. 지면 모두가 뭐라고 하지 않을까. 그리고 혹시나 명현이 실망하지 않을까.

그게 무서웠다.

그건 정말로 두려웠다.

하지만 도윤은 운허에게 시간을 주지 않았다.

운허는 그 거친 공격에 피하고 막기에만 급급했다.

그러다가 한 번씩 맞으면 정신이 아찔해 왔다.

그러자 머릿속을 어지럽힌 고민이 일순간에 사라져 버렸다.

도윤의 공격에 밀려 허우적거리는 것밖에 보이지 않던 태극기공이었지만, 펼치면 펼칠수록 점점 몸이 가벼워지는 것도 한몫했다.

‘이상해.’

운허는 방금 전 도윤에게 맞은 어깨를 보았다.

사실 아직도 아팠다.

그런데 처음과 달리 점점 잘 움직여지기 시작했다.

“헤헤헤.”

다시 도윤의 공격에 배를 맞아 뒤로 물러났다.

그러나 입가에서는 웃음이 터져 나왔다.

“다들 재밌어.”

운허는 주변의 도사들을 보며 중얼거렸다.

맞아서 즐거운 것이 아니었다.

그러나 수세에 몰리면서 어느새 주변에 시선을 돌릴 수 있었다.

처음과 달리 항산과 무당은 지루해진 눈으로 보고 있었다.

그에 반하여 종남 쪽에서는 기이한 열기마저 느껴질 정도로 들뜬 눈빛이다.

그러나 화산은 달랐다.

모두 자신을 걱정하고 있었다.

그중에서도 명현은 흔들림 없는 눈으로 자신을 지켜보고 있었다.

그러니 자꾸 기분이 좋아졌다.

기대를 받는 만큼 무언가 할 수 있을 것 같다는 생각이 들었다.

운허의 발이 다시 태극을 그렸다.

도윤의 공격이 얼굴을 스쳐 지나갔다.

"지금이 재밌나 보지?"

운허의 웃음에 도윤의 얼굴이 붉게 달아올랐다. 맞고 있으면서 웃을 수 있는 그 여유로운 모습에 자신을 조롱하고 있다 여긴 것이다.

"응, 재밌어."

운허는 환하게 웃으며 답했다.

"끝까지 재밌나 보자."

도윤은 이를 악문 채로 처음보다도 더 강렬한 기세로 공격을 퍼부었다.

도윤의 공격은 가히 폭발적이었다.

어린 나이에 비하면 놀라울 정도로 많은 내공이 뒷받침된 운봉수를 소나기처럼 연신 퍼붓기 시작했다.

그러나 그보다 놀라운 것은 운허였다.

초식보다는 체조에 가까운 몸짓으로 공격을 흘려내기 시작했다.

주도권을 운허가 쥐기 시작한 것이다.

도윤의 숨은 점점 거칠어졌다.

이런 상황은 들어본 적도 없다.

종남의 장법을 펼치고도 화산의 입문 무공에 지다니. 그것도 말이 좋아 행공이지 체조 취급을 받는 것이 태극기공이 아닌가.

그런데 그 일이 눈앞에서 벌어지고 있다.

맨 처음만 하더라도 이리저리 피하고 방어만 하던 운허가 이제는 공격을 흘리며 반격을 가하기 시작한 것이다.

그러니 도윤으로서는 미칠 지경이었다.

도대체 무엇이 잘못된 것인가.

그걸 지켜보는 종남의 도사들도 그와 같은 심정이었다.

그들도 도윤이 쉽게 이기리라 여겼다.

운봉수를 펼치겠다는 도윤과 달리 태극기공을 펼친다는 운허의 말에 그들은 비웃음을 참지 못했다.

구도검 명현이 거둔 제자가 둔재였을 줄이야.

명종이 자충수를 두었다 여겼다.

하지만 처음과 달리 막상 비무가 진행될수록 그들의 예상과 다르게 흘러가 버렸다. 이제는 그런 생각을 했다는 것도 머릿속에서 싹 사라질 정도였다.

"악!"

허벅지를 걷어차인 도윤이 다시 비명을 질렀다.

지금도 비슷한 상황이 반복되었다.

도윤이 전력으로 펼치는 일수를 운허는 힘 빠진 어설픈 동작으로 다 파헤치고 있었다. 그리고 그때마다 별 위력도 없는 반격에 도윤은 피하지 못하고 그대로 맞아버렸다.

가랑비에 옷 젖는다고 했던가.

그게 몇 번이나 반복되자 도윤은 눈에 띄게 지치기 시작했다.

계속 얻어맞은 뺨은 퉁퉁 부어 있었다.

또래에 비해 탄탄한 내력도 어느새 바닥이 나버렸다.

처음과 같은 기세 또한 사라진 상태였다.

반대로 운허의 기세는 변함이 없었다.

도윤의 표정은 점점 울상이 되었다. 지더라도 이딴 식으로 지게 될 것이라고는 상상도 못했다.

그런데 이 상황이 무엇이란 말인가.

저 허우적거리는 동작에 계속 맞고만 있다.

아까 전 팔꿈치를 때려 버린 발등은 점점 아파오는데 운봉수를 펼칠 내력은 없다.

억울해서 눈물이 날 것만 같았다.

차라리 제대로 한 방 맞고 쓰러졌으면 싶다.

하지만 그건 불가능했다.

운허의 손에는 여전히 힘이 실리지 않아 맞아도 쓰러질 수 없었다.

미칠 노릇이었다.

이 비무를 언제까지 이어가야 한단 말인가.

비무는 점점 더 고조되었다.

처음과 달리 운허가 주도권을 잡으며 비무는 어린 소년의 것이라 보기 힘들 정도로 치열한 양상으로 흘러갔다.

도윤은 내력이 다하였으나 오기로 공격을 감행하고 있었다.

그러나 운허는 그때마다 공격을 흘리거나 피하며 반격을 했다. 이제는 힘이 빠진 도윤은 몇 번이나 넘어졌고, 겨우 자리에서 일어났다.

비무를 지켜보는 명현의 곁으로 청송이 다가왔다.

"명현아, 운허에게 태극권을 가르쳐 준 적이 있느냐?"

"없습니다. 근래에 배우기 시작한 것은 팔괘장입니다."

"그런데 왜 저 태극기공이 태극권처럼 보이는 것인지 모르겠구나."

그 말을 하며 청송은 좌중을 살폈다.

운허가 주도권을 쥐면서 비무를 재미있게 지켜보던 그들도 시간이 지나자 놀라운 표정을 감추지 못했다.

운허가 펼친 것은 분명 태극기공이었다. 행공으로 운봉수를 막아냈으니 그것만으로도 운허는 칭찬을 들어 마땅하다.

그런데 운허는 거기에 그치지 않았다.

처음만 하더라도 힘이 없던 동작에 변화가 일어났다.

태극기공이 점점 태극권의 초식과 흡사하게 바뀌기 시작한 것이다.

불가능한 것은 아니다.

태극기공이나 태극권 모두 태극의 도리를 바탕으로 창안된 무공이었으니까.

그러나 그것이 쉬운 것은 아니다.

무공에 틀이 생겼다는 것은 한계가 있다는 뜻이다.

태극권은 상대를 제압할 수 있지만 태극기공은 그렇지 않다.

상대의 공격을 흘리거나 막아내는 동작은 어린 도사가 펼치는 것이라 보기 힘든 훌륭한 수준의 이화접목이었다.

그 수준만으로 따져도 보기 드문 기재라 볼 수 있었다.

하지만 그보다 더 큰 문제가 있었다. 그것은 바로 운허의 손끝이었다. 권이라고 함은 주먹을 굳게 쥐어야 한다.

그런데 운허는 마치 검을 쥔 것처럼 주먹을 쥐고 있었다.

왜 그렇게 주먹을 쥐었을까.

이유는 단 하나.

운허는 아까 보았던 현호의 태극검법을 펼치고 있는 것이다.

검을 쥐어야 할 손이 비어 있으니 자연히 힘이 덜 실릴 수밖에 없다.

"놀랍구나. 정말로 놀라워. 너는 불가능한 일을 해내었구나."

"불가능한 일은 아닙니다. 태극에 대해 완벽하게 깨우쳤다면 말입니다."

"그 말은……."

"예. 운허는 태극을 깨우친 듯합니다."

명현은 자신 있게 대답했다.

"저 아이를 과연 둔재라 할 수 있을까."

청송은 감탄을 터뜨렸다.

타고난 신체가 뛰어나야만 무재라 불릴 수 있는 것은 아니다.

머리가 좋아야만 천재라고 불릴 수 있는 것도 아니다.

운허의 재능은 평범하다.

하지만 운허는 이미 태극을 깨닫고 있다.

운허는 그 나이 또래에서 상상도 할 수 없는 깨달음을 이미 얻고 있었다.

기재? 아니면 천재?

모두 틀렸다.

운허는 도재(道才)였다.

운허의 그릇은 설명할 수 있는 것은 그것뿐이었다.

끝내 지친 도윤이 자리에 주저앉으며 운허가 비무를 이겨내자 명현은 가슴을 쓸어내렸다.

상호 간에 인사를 나누고 운허가 쪼르르 달려왔다.

"저 이겼어요. 잘했죠?"

"그래, 장하구나."

명현은 고개를 끄덕였다.

아직 어린 제자이지만 벌써 다 자란 것만 같은 느낌이 들어 눈물이 나올 지경이다.

*　　　*　　　*

사내는 맑은 밤하늘에 촘촘하게 박힌 별을 보고 있었다.

그의 뒤로 흑의로 몸을 둘러싼 괴인이 모습을 드러내었다.

사내가 별 하나를 가리켰다.

북두칠성의 마지막 별, 파군(破軍)이라고도 불리는 별 요광(搖
光)이었다.
"흑영."
"예, 화주님."
"하늘을 보았느냐?"
"보았습니다."
"나의 반쪽이 떨려오는구나."
"그 말씀은 설마……."
흑영의 숙여졌던 고개가 서서히 들렸다.
"매영을 뽑아라."
"예, 화주."
그 말과 함께 흑영은 사라졌다.
화주라 불린 사내는 환한 미소를 지으며 요광을 보며 중얼
거렸다.
"드디어 내가 자유로워지겠구나."

第四章
매영선출（梅影選出）

구름이 달을 가리며 촛불만이 방을 밝혔다.

청송은 뻑뻑해진 눈을 비비며 독서에 열중하고 있었다. 그는 이내 보던 책을 덮으며 시선을 뒤로 돌렸다.

온몸을 흑의로 둘러싼 괴인이 있었다.

그 괴인의 손에는 검은 매화 한 송이가 쥐어져 있었다.

"암화(暗花)."

화산이지만 화산이 아닌 자들.

화산의 숨겨진 정통을 잇고 있는 그자들.

청송은 불편한 심기를 감추지 못했다.

그들은 화산이지만 화산이 아니며 화산의 일에 구애받지 않았다. 자신들이 원할 때만 나타났으며 그때마다 화산은 그들의 부탁을 들어주어야만 했다.

장문령이 통하지 않는 유일한 상대였다.

그로서도 무위를 가늠할 수 없는 괴인이 일개 하수인에 불과하다는 사실이 더욱 암담했다.

암화주, 그는 도대체 얼마나 더 대단한 인물이란 것인가.

"오랜만에 뵙는구려, 흑영."

청송은 불편한 음성으로 불쾌한 방문자를 맞이했다.

흑영은 말없이 매화 하나를 건네었다.

"받아라."

"아낙네한테 줄 선물을 왜 나한테 주는 것이오."

"화주의 명이다."

"이번이 세 번째 매화구려. 무엇 때문에 왔소?"

"매영을 뽑아라."

흑영의 말에 청송이 놀라 소리쳤다.

"지금 뭐라고 했소? 매영을 뽑으라니!"

"불러오도록."

그리고 흑영은 명단이 적힌 종이 하나를 바닥에 내려놓고 사라졌다.

청송은 파르르 떨리는 손으로 그 명단을 확인했다.

"맙소사!"

그는 자신의 머리를 감싸 쥐었다.

화산에 다시 어둠이 드리워지기 시작했다.

*　　　*　　　*

도학제 이후 운허에 대한 평가는 완전히 달라졌다.

그때까지는 운허의 자질을 다른 아이들보다 조금 모자란 정도로 여겼다.

눈치도 없으니 더 안쓰럽게 여긴 측면도 없지 않아 있었다.

그런데 막상 결과를 보니 전혀 아니었다.

운허는 그 누구보다도 더 뛰어난 아이였다.

그들의 기대를 받으며 운허는 시간이 지날수록 무럭무럭 자라고 있었다.

일 년이 지나 열한 살이 되자 제법 키도 컸다.

이제는 또래들과 눈높이가 비슷해졌다.

"사부님!"

운허가 집무실을 벌컥 열고 들어왔다.

언제나처럼 경전을 읽던 명현의 목소리가 낮게 깔렸다.

"언제나 너는 문을 힘껏 열고 들어오는구나."

"…네, 죄송합니다."

명현의 꾸중에 운허는 곧장 고개를 숙였다.

그러나 그것도 잠시, 손에 든 서책을 곧장 명현에게 들이밀었다.

"이것 보세요. 대사백님이 저에게 선물을 주셨어요!"

운허가 내민 것은 한눈에 보아도 귀해 보이는 서책이었다.

검은색 비단으로 된 표지에다가 안의 종이 질은 솜털처럼 고와 손에 사르르 스며들 것만 같았다. 대부분의 어린 도사들이 죽간을 보는 것을 생각하면 무척이나 귀한 선물이라 할 수 있었다.

"무척이나 귀한 책이구나. 이걸 명종 대사형께서 주셨다고? 정말로?"

"전에 도학제 때 선물 주신다고 하셨는데 이제야 주셨어요."

운허는 고맙기는 하지만 너무 늦게 주었다고 투덜거렸다.

"사질, 그 귀한 책을 주는 것만으로도 감사히 여겨. 네놈 사부를 봐봐. 책이 귀해 보이니까 눈 돌아가잖아."

"누, 누가 눈이 돌아갔다는 것입니까?"

"너. 거기 너. 탐욕을 감추지 못하고 먹물이나 밝히는 말코."

명종은 자신도 모르게 운허가 받은 책을 자꾸 만지는 명현을 지적했다.

명현은 헛기침을 하며 책에서 손을 뗐다.

"크흠. 하지만 아직 어린 운허에게 너무 귀한 책이 아닌가 싶습니다."

"네가 필사해서 준 도덕경보다 좋아 보여서 그러냐?"

"……"

정곡을 찔린 명현은 아무 말도 못했다.

"대사백님, 이거 소설책이에요?"

운허가 명종에게 물었다.

"그럼. 옛 선조들의 삶이 담긴 것이란다. 이를 통해 너는 네가 경험하지 못한 상황들을 배울 수 있기에 아는 지인을 통해 받아온 것이란다."

"우와아! 저 소설책 정말 좋아해요!"

소설이란 말에 운허의 표정이 밝아졌다.

아직도 운허는 경전을 읽지만 가까이하지는 않았다. 오히려 옛 설화나 전설을 기록한 책이나 소설을 좋아했다.

그러던 참에 이토록 귀한 책을 받게 될 줄이야.

운허의 작은 입이 귀에 걸릴 것처럼 큼지막한 미소를 지었다.

"이왕이면 그 책을 낭송해 보거라. 너희 사부에게도 도움이 되는 내용이니 모르는 글귀가 있으면 나에게 물어보거라. 괜찮지, 사제?"

"저야 상관없습니다."

둘의 허락이 떨어지자 운허는 책을 읽기 시작했다.

"야심한 시각에 대부인이 들뜬 얼굴로 장원을 빠져나왔다. 그러자 짐승처럼 털이 잔뜩 난 손이 대부인을 끌어당겼다. 이, 이거 왜 이러세요. 대부인은 겁먹은 음성으로……."

"응? 뭐?"

"어머, 이러지 마세요. 내가 누구인지 알고 이러는 건가요? 대부인은 비명을 지르려고 했지만 솥뚜껑처럼 크고 털이 숭숭 난 짐승 같은 손이 대부인의 입을 틀어막았다. 흐흐흐, 조용히 해. 같이 재미를 좀 보자고."

"그, 그건 안 된다. 읽지 말거라!"

아직 어린 소년에 불과한 제자의 입에서 흘러나오는 내용에 명현의 얼굴이 사색이 되었다.

그는 얼른 운허의 손에 든 책을 빼앗았다. 덜덜 떨리는 손으로 책의 내용을 훑어보자 중간중간 지독하리만큼 적나라한 운우지락의 내용과 함께 춘화까지 그려져 있었다.

맙소사! 도사가 이런 저급한 글을 보다니.

그러자 아직 성에 대해 아무것도 모르는 운허가 울상을 지었다.

"하지만 사부님, 대부인이 위험에 처했어요. 이제 곧 협사가 나타날 거예요."

심지어 단단히 착각을 해버렸다.

"이건 그런 책이 아니란다. 이건 네가 읽을 것이 아냐!"

당황한 명현은 얼굴이 붉게 달아오른 채로 소리쳤다.

그의 눈이 명종에게로 향했다.

명종은 무슨 일 있냐는 듯 평온한 안색이다.

"대사형, 어린아이에게 이런 책을 건네시다니요!"

"이 책이 어때서 그런가? 무슨 문제 있나?"

"이 안의 내용이 저 어린아이가 알아야 할 내용이 아니잖습니까."

"그렇군. 그러면 사제가 보관하다가 건네주게."

"대사형!"

아무런 문제가 없다는 듯 능글맞은 그 모습에 명현은 울화

통이 터질 것만 같았다.

"당장 들고 가십시오. 대체 이딴 책을 어디의 누가 전해준 겁니까? 안내하십시오. 감히 화산에 이런 불경한 책을 가지고 온 것을 그냥 넘어갈 수는 없습니다."

딱딱하게 굳어진 얼굴로 명현은 명종을 직시했다.

"너무 민감하게 굴지 말라고, 사제. 자네가 이러면 이 사형의 입장이 뭐가 되는가. 응?"

"사형, 이 어린아이가 이런 책을 읽고 뭘 배우겠습니까!"

"뭐긴 뭐야, 도지. 도사가 도를 배우지 뭘 배워."

"여, 여기 어디에 도가 있다는 겁니까. 궤변 늘어놓지 마십시오."

"허어, 궤변이라니. 왜 그렇게 이 사형을 매도하는 건가."

명종은 자신의 처지를 한탄하더니 궤변을 늘어놓았다.

"이 책은 민간에서 내려져 오는 은밀한 이야기가 담겨 있다. 그 말은 옛사람들과 현재 우리가 공통적으로 원하는 주제가 무엇인지를 알 수 있다는 것이지. 바로 성이야. 성스러워야 할 성을 우리는 있는 그대로 받아들여야 한다는 것이지. 그뿐인가. 이 책은 방중술의 오묘한 원리를 담고 있어. 우리 도교의 수행법 중 하나로 보정(寶精)이라고 일컬어지는 방중술은 음과 양의 교접을 통해 도를 깨달아 기를 유통시키는 것이거늘 사제는 어찌 그리 경솔하게 말하는가. 설마 자네는 음양의 조화를 모른 채로 평생 살아가는 것이 옳다고 여기는 것인가! 지금 사제는 우리 도교가 잘못된 것을 배우고 있다고 말하는 겐가!"

궤변도 이만하면 달변이다.

마치 처음부터 준비를 한 것처럼 늘어놓는 그 말에 명현은 미간을 찌푸리며 말했다.

"그럼 이 대단하신 내용으로 내일 화산에 적을 둔 모든 이에게 대강연을 펼치겠습니다. 괜찮으시겠습니까?"

"어… 뭐?"

"저희 명자배는 물론 장로 분들까지 모실 겁니다. 화산에 속한 속가무문도 마찬가지입니다."

명현의 강수에 명종은 버벅거렸다.

명현은 재차 되물었다.

"괜찮겠습니까?"

"…아니, 미안."

"이거 가져가십시오. 운허와 함께 점심이나 먹으렵니다."

"사제, 그럼 나는?"

"대사형이 거두신 제자들과 함께하시지요."

"그 못된 녀석들이 어떤 장난을 칠지 모르니 싫다. 내가 사과할 테니까 같이 먹기로 하자꾸나."

그러면서 명종은 명현과 운허를 이끌고 밖으로 나갔다.

그 뻔뻔함에 명현은 한숨을 쉬었다.

"대사형, 왜 책을 두고 가십니까?"

"아, 맞다. 나 이거 줘야 하는데."

명현과 운허의 옆에 붙어서 한참이나 노닥거리던 명종이 품에서 서신 하나를 꺼내었다.

"자, 받아라."

"이거 뭐예요?"

"우리 늙은이가 보낸 거다."

"장문 할아버지가 왜요?"

"읽어봐."

"예."

운허는 명종이 준 서신을 펼쳤다.

한 번 읽고는 의아한 표정으로 몇 번이고 다시 읽어 내려갔다.

"무슨 내용이기에 그러는 것이냐?"

그걸 의아히 여긴 명현이 물었다.

"지금 오래요."

"응? 지금 말이더냐?"

"네. 이거 보자마자 오라고 되어 있어요."

그리고 운허는 명종을 보았다.

왜 이걸 진작 주지 않고 지금 주었냐는 것이다.

"나야 잊어먹었지."

명종은 실없는 웃음을 지었다.

"너무하세요. 저희만 혼나잖아요."

"난 대신에 얻어터지겠지."

"헤헤헤, 그럼 괜찮은 것 같아요."

운허는 기분 좋은 웃음을 흘렸다.

“운허야, 장문인께서 어디로 오라고 되어 있더냐.”
명현이 운허에게 물었다.
“은원각이요.”
“…뭐?”
“사부님도 거기 모르세요? 저도 몰라요.”
모르는 곳에 어떻게 가느냐고 투덜거리는 운허를 보면서도
명현은 쉽게 말을 잇지 못했다.

은원각은 장로들의 거처로 화산에서도 꽤 깊숙한 곳에 있
었다.
주변이 절벽으로 둘러싸여 장로들이 있기에 썩 좋아 보이는
곳은 아니다.
그도 그럴 것이, 원래 은원각은 죄인들이 머무는 곳이었다.
원래 장로들이 머물 곳은 아니었지만 이분화산의 책임을 지
고 현 장로들이 스스로의 거처를 그곳으로 정했기 때문이다.
실제로 장로들은 은원각에서 외부로 나오지 않았다.
다만 공식적인 행사나 장문인인 청송의 요청이 있을 경우는
예외였다. 그렇기 때문에 예전 옥양자가 운허를 만난 것은 의
외라고 볼 수 있었다.
운허는 멍하니 은원각을 보고 있었다.
아무리 죄인들이 쓰던 곳이라고 하여도 지금은 장로들이 머
무는 곳이다.
그런데 은원각은 금방이라도 무너질 것처럼 보였다.

보수조차 하지 않아 건물 여기저기가 깨지고 금이 가 있고 거미줄이 쳐져 있어 마치 흉가처럼 보였다.

"언제 무너져요?"

운허는 조심스레 은원각의 부서진 담을 툭툭 건드려 보며 물었다. 이토록 허름한 건물을 화산에서 보리라고는 생각도 못했다.

"그건 모르겠구나."

명현은 탐탁지 않은 얼굴로 주변을 살폈다.

"왜 그러세요? 배 아프세요?"

"아니다. 불편하구나."

"과식하시면 안 된다고 말씀드렸잖아요."

"하아, 그게 아니니 걱정 말거라."

운허의 걱정에 명현은 한숨을 쉬었다.

그의 표정이 너무나 불편해 보여 운허도 자연스레 눈치를 볼 수밖에 없었다.

"저희 언제 들어가요? 늦은 것 아닐까요?"

"차라리 늦었으니 돌아가는 것은 어떻겠느냐, 운허야."

"으음, 안 돼요. 오늘따라 이상하세요, 사부님."

"그냥 이곳이 싫구나."

"헤헤헤, 저도 싫어요. 귀신 나올 것 같아요."

운허는 헤헤헤 웃으며 조심스럽게 은원각 문을 두드렸다.

"계세요?"

답이 없자 운허는 두 번 정도 더 부르고는 조심히 문을 열고 고개를 집어넣었다.

"아아앗!"

그러자 곧장 비명 소리가 터져 나왔다.

그에 놀란 명현이 달려와 문을 열어젖혔다.

정문을 열자 안에는 명현 말고도 여러 제자가 모여 있었다.

그들은 모두 사승 관계인 이대제자와 삼대제자들이었다.

"어라? 사부님, 저희처럼 스승과 제자만 있어요."

운허도 그들의 공통점을 발견했다.

그뿐만이 아니다.

이곳에 모인 제자는 모두 화산에서 기대를 받고 있는 기재였다.

도학제 이후 평가가 바뀐 운허도 그중 하나였다.

먼저 와 있던 운진이 명현에게 다가와 인사를 건넸다.

"사숙님 오셨습니까."

"운진이구나. 너도 이곳에 온 것이냐?"

"예. 저희 사부님께서 장문인께 받았다며 이 서신을 제게 주셔서 오게 되었습니다."

"그게 이것이겠구나."

명현은 명종이 건네주었던 서신을 꺼냈다.

그에 운진도 자신이 받은 서신을 꺼내며 고개를 끄덕였다.

"역시 사숙께서도 저희 사부님께 받으신 것입니까?"

"그래. 방금 전에 주시더구나."

"방금 전에 말씀이십니까? 저희는 지금 여기서 두 시진째 있는데……."

운진이 말끝을 흐렸다.

그에 운허가 웃으며 말했다.

"헤헤헤, 사형, 사백님이 깜빡했다고 하셨어요."

"그러면 그렇지. 과연 사부님이야."

"그런데 들어가지 않고 왜 여기 있으신 거예요?"

"모두 모일 때까지 기다려야 한다고 하더구나."

"아하, 모두 저 기다린 거예요?"

"그럼 셈이란다, 이 늦장꾸러기야."

운진은 장난기 가득한 말투로 운허의 머리를 쓰다듬었다.

운허도 그의 손길에 키득거리며 머리를 흔들었다.

"간지러워요. 히히, 사부님 앞이란 말이에요."

"아, 그렇구나. 그러면 더 심하게 해야지."

"으, 으흭! 여, 옆구리 간질이지 말아… 이히히히!"

운진이 몸을 간질이기 시작하자 운허는 너무나 괴로운 나머지 몸을 이리저리 비틀었다.

그러나 운진의 손길을 벗어날 수는 없었다.

자꾸 웃다가 힘이 빠진 운허는 그만 땅을 뒹굴고야 말았다.

운진은 땅에 드러누운 운허의 눈가에 눈물이 고이고서야 만족스런 표정으로 물러났다. 숨을 헐떡이던 운허는 뒤늦게 옷이 흙투성이가 된 것을 알고 울상을 지었다.

"이게 뭐예요. 옷이 더러워졌잖아요, 사형!"

"그러면 옷을 갈아입고 오려무나."

“나빠요. 우리 사부님이 다 보고 있었어요. 우리 사부님이
사형 혼내실 거예요.”

운허는 쪼르르 명현의 뒤로 숨었다.

그 둘의 상황을 보고 있던 명현이 살짝 미소를 지으며 말했
다.

“먼지만 털고 가자꾸나.”

명현은 운허의 먼지를 털고 미리 온 이들과 함께 일각 정도
를 기다렸다. 그보다 늦은 이들이 있겠는가마는, 서신을 전달
한 것이 명종이었기에 불안한 마음이 들어서였다.

결국 추가로 오는 인원이 없기에 가장 배분이 높은 명현이
앞장서서 은원각으로 들어섰다. 그 뒤를 바짝 쫓아다니던 운
허는 자신을 보며 싱글싱글 웃고 있는 운진에게 불만스러운
표정으로 말했다.

“사형 나빠요. 대사백님 같아.”

“칭찬 고맙구나.”

“이, 이게 칭찬이에요?”

“제자가 사부를 닮아야지. 내 제자도 나를 닮을 거란다.”

운진은 옆에서 조용히 있는 제자 진성의 어깨에 손을 얹으
며 말했다.

“사질은 저렇게 크지 마. 알았지?”

운허는 그렇게 말하고는 명현을 따라 은원각 안으로 들어갔
다.

“헤에, 안은 좀 낫네요.”

금방이라도 허물어질 것 같던 외양과 달리 안은 제법 깔끔한 편이었다.

최소한 내부는 관리를 하고 있다는 의미이다.

“위에서 기척이 느껴지는구나.”

모든 이가 들어온 것을 확인한 명현이 위로 인도했다.

다른 이들과 달리 은원각의 구조에 익숙해 보였기에 운허가 조심스럽게 물었다.

“사부님, 여기 잘 아세요?”

“어느 정도는 알고 있단다.”

“으음. 어떻게 아세요?”

“예전에 이곳에 머무른 적이 있었지.”

“여기요?”

운허는 이해할 수 없어 고개를 갸웃거렸다.

“이분화산이 끝나고 일 년 동안이란다. 청송 장문인께서 그 자리에 오르기 전까지 근원파로 취급받던 이들은 이곳에서 머물러야 했지.”

“아…….”

“그때 근원파 이들은 몇 번이고 이곳을 불태우려고 했단다.”

“왜요?”

“죽으려고.”

명현은 담담하게 말했지만 그 무게는 결코 작지 않았다.

이분화산이 끝나고 무극파가 화산의 주도권을 잡았다.

옥양자를 비롯한 근원파는 은원각에 갇혀 지내야만 했다. 그 상황을 견딜 수 있는 이가 몇이나 될까.

스스로 무공을 폐하거나 자결을 하는 이도 있었다.

그들 중에는 은원각을 불태워 없애려는 자도 있었다.

하지만 청송이 장문인의 자리에 오르자 상황은 달라졌다.

근원파는 은원각을 나오게 되었다.

그리고 그 빈자리는 당시 이분화산을 주도한 옥자배들의 공간이 되었다.

"순순히 들어왔을까요?"

"옥양자 사조님과 장문인의 약조였다. 청송 장문인께서 그 자리에 오르는 대신에 이분화산을 주도한 옥자배의 모두는 장로의 신분으로 이곳에 갇혀 지낼 것."

그래서 화산은 다시 예전의 모습을 찾을 수 있었다.

화산의 수치이자 암과 같은 그들이 이곳에 갇혀 지냈기 때문이다.

그런데 왜 이곳에 어린 제자와 자신들을 부르는가.

명현만이 아니라 제자를 둔 이대제자들은 그게 마음에 들지 않았다.

이 층으로 올라가자 그들의 표정이 굳어졌다.

무형의 기운이 전신을 압박하고 있었기 때문이다.

특히 어린 제자들의 동요가 컸다.

거의 살기에 근접한 그 기운에 다리에 힘이 풀리며 온몸이 떨려왔다. 머리가 새하얗게 비는 느낌이다.

그러나 운허의 반응은 달랐다.

"따끔따끔해요."

운허는 간지럽다는 듯 얼굴을 긁으며 명현을 올려다보았다.

그게 평소의 운허와 다를 바가 없어서 명현 또한 긴장이 풀리는 것 같았다.

명현은 대실의 문을 열었다.

대실 안에 있는 인원은 온몸을 흑의로 감싼 흑영과 청송뿐이었다.

"일대제자 명현 외 일곱 명, 장문인의 부르심에 왔습니다."

명현이 한 발걸음 앞으로 나와 인사를 했다.

"어서 오거라."

평소답지 않게 청송은 딱딱한 표정이었다.

거기다 그는 눈앞의 제자들이 아니라 흑영에게로 시선을 두고 있었다.

왜 외부인으로 보이는 이가 은원각에 있는 것일까.

운허도 자꾸만 이상한 생각이 들었다.

흑영이 시선을 둘 때마다 몸이 따끔거리니 기분도 나빠졌다.

흑영이 말을 않자 청송이 무겁게 한숨을 쉬었다.

"후우. 모두 앉거라. 이야기가 조금 길어질지도 모르겠구나."

그에 제자들이 반듯한 자세로 앉았다.

그리고 청송은 그들을 한 차례 훑어보았다.

"매화진경(梅花眞經)은 있다."

"장문인, 갑자기 무슨 말씀이십니까?"

"화산에 매화진경이 있다. 그건 단순한 소문이 아니다."

"그게 무슨……."

청송에게 되묻던 명현의 얼굴이 딱딱해졌다.

다른 제자들도 놀라서 입을 다물지 못했다.

"헛소문이 아니었습니까?"

명현의 목소리는 높아졌다.

화산파의 개파조사인 매화진인은 천하제일인이었다.

그가 펼친 검법을 본 호사가가 매화진인의 검에서 피어난 매화는 저물지 않는다고 감탄한 것은 유명한 일화였다.

그는 백 세가 되던 날에 돌연 화산에서 사라졌다.

그걸 두고 사람들의 의견이 분분했다.

그가 등선을 했다거나 새로운 경지를 얻기 위하여 은거를 택했다는 것이었다.

그때부터 화산에 비밀스러운 이야기가 전해져 내려왔다.

매화진인의 평생의 심득이 담긴 매화진경이 화산의 어딘가에 있다는 이야기였다.

화산의 도사들이라면 어렸을 적에 한 번씩은 듣는 이야기다.

그저 지어낸 이야기일 뿐이다.

매화진인을 잊지 못한 아쉬움의 표현이라 여겼다.

그런데 그걸 장문인인 청송이 직접 언급했다.

그럼 이야기가 달라진다.

매화진경은 그 상징성만으로도 화산의 무가지보(無價之寶)라고 할 만하다.

모두의 눈빛이 달라지자 청송은 고개를 끄덕였다.

"있다. 그분이 묻히신 곳, 매화비총(梅花秘塚)에 그것이 존재한다."

아무도 입을 열지 못했다.

갑자기 알게 된 사실에 다들 실감을 하지 못하고 있었다.

그때 청송의 눈에 운허가 들어왔다.

다른 이들이 놀라는 것과 달리 운허의 표정은 심드렁했다. 아무런 욕심도 호기심도 보이지 않았다. 오히려 그게 어쨌냐고 되물어볼 것 같은 표정이다.

"맨 처음 매화비총이 발견되고 화산에서는 대대적인 조사에 들어갔다. 그러나 문제가 있었지. 그 안에 설치된 진법 때문에 안으로 단 한 명밖에 못 들어간다는 것이다. 거기에서 문제가 생겼다. 그 안에서 나온 사람은 단 한 명도 없었다."

청송은 말을 이었다.

처음 매화비총이 발견되고 그곳에 들어가려는 이의 수는 헤아릴 수 없었다.

하지만 매화진인의 평생의 심득이 적혀 있는 곳이다. 범인이 이해할 수 있을 리가 없다. 또한 의욕만 있어서도 해결될 문제가 아니었다.

그래서 처음에는 당대 화산제일인이 들어갔다.

그러나 그 또한 같았다.

그 누구도 살아서 돌아오지 못했다.

화산은 결국 생각을 달리 해야만 했다.

그들이 우선시해야 하는 것은 매화진경의 회수였지 그걸 익히는 것이 아니었다. 또한 안에서 오래 버틸 수 있도록 젊은 나이의 제자일수록 좋았다.

그때부터였다.

아직 성인이 되지 않은 제자 중 오로지 한 아이만을 골라 화산의 모든 무공과 수많은 학문적인 지식을 익히게 했다.

그리고 한 세대에 하나만을 매화비총에 들여보내 왔다.

그들을 매영(梅影)이라고 불렀다.

세상 그 무엇보다도 아름답지만 그 무엇보다도 빠르게 세상을 등지는 매화, 그리고 그 아래에 조용히 사라지는 그림자.

모두들 불안한 눈으로 청송을 보았다.

안 된다.

그 이상은 들을 수 없다.

"너희 제자들 중 한 명이 매영이 된다."

청송은 죄를 지은 듯 고개를 숙이며 말했다.

일각이 지났다.

그러나 그 누구도 아무런 말을 할 수 없었다.

그 미칠 것 같은 침묵 속에서 숨을 쉬는 것이 고작이었다.

"장문인, 그 때문에 저희를 부르신 것입니까?"

명현이 입을 열었다.

그를 보며 청송이 고개를 끄덕였다.

"…그렇단다."

"왜 미리 이야기해 주시지 않았습니까?"

"외부에 유출되어서는 안 되는 일이기 때문이다."

"그러면 왜 저희 여덟 명을 부른 것입니까? 매영이 되지.못한 이들을 살인멸구라도 하실 생각이십니까?"

분노를 참지 못해 떨리는 목소리로 말하는 명현의 눈빛은 매서웠다. 살인멸구라는 말에 다른 이들도 등골이 서늘해지는 것을 느꼈다.

청송 하나도 버겁다.

그런데 그 기도가 만만치 않은 이가 그 말고도 더 있었다.

그들이 손을 쓴다면 이곳에서 살아나갈 수 없다.

이때까지 잠자코 있던 흑영이 입을 열었다.

"살인멸구는 없다."

그를 향한 명현의 두 눈은 날카로웠다.

"네놈은 누구냐?"

"암화. 그곳의 종이다."

"나는 그런 곳 따위 들어본 적 없다. 매영이라는 것 또한 마찬가지다."

명현은 자리에서 일어났다.

그는 운허의 가는 손목을 움켜쥐었다.

“가자.”

“예? 그, 그래도 되요?”

“가자꾸나.”

그는 운허를 끌고 밖으로 나갔다.

다른 이들도 그에 자신의 제자의 손을 잡고 도망치듯이 은원각을 빠져나왔다.

“어리석군.”

그들의 빈자리를 보며 흑영이 말했다.

그를 보는 청송은 여전히 못마땅한 표정이다.

“누구를 고르셨소.”

“내일 암화가 피어날 것이다.”

“설마 암화주가…….”

“내일 화산대회의를 열어라. 그분의 명이시다.”

흑영은 그 말을 끝으로 사라졌다.

청송은 복잡한 표정을 지었다.

암화. 매화비총의 발견과 함께 화산에서 태어난 한 송이의 꽃. 그동안 봉우리를 감추고 있던 그 꽃이 피어난다는 의미는 단 하나이다.

“암화주, 그가 나서는 것인가.”

청송은 암담한 표정을 감추지 못했다.

화산의 장문인이라는 자리는 겨우 이것밖에 되지 않는 것이었던가.

第五章
사제비곡（師弟悲哭）

화산대회의는 화산의 중요한 정책을 다룰 때만 열린다.

화산의 장로부터 이대제자까지 모이는 것은 물론 일부 속가 제자까지도 부르는 것이기 때문에 실제 화산의 전력이 모두 모인다고 할 수 있었다.

그래서 짧게는 칠 일 전이나 길게는 한 달 정도 전에 공지를 하는 것이 보통이다.

화산대회의가 일 년에 몇 번 열리지 않는 이유이기도 했다.

그런데 하루 만에 화산대회의를 열 것이라는 말이 나왔다.

몇 십 년 동안 이처럼 급하게 화산대회의가 준비된 적은 없었다.

회의장에는 이미 사람이 가득 차 있었다.

회의 주제조차 제대로 공개가 되지 않아 회의장은 다소 시끄러웠다. 평소라면 눈치를 줄 장로들조차도 궁금하기는 마찬가지인 듯 보였다.

청송은 회의장을 둘러보았다.

현재 올 수 있는 모든 인원은 모였다고 볼 수 있었다.

그러나 몇 명 정도가 보이지 않았다.

전날 은원각에 들렀던 이들이 오지 않은 것이다.

그들은 분명 자신의 제자와 함께 있을 가능성이 컸다.

"회의를 시작하겠소!"

청송이 목소리를 높이자 회의장이 조용해졌다.

그리고 그는 전날 은원각에서 꺼내었던 이야기를 다시 하기 시작했다.

*　　　*　　　*

"사부님, 가지 않아도 되요?"

운허는 자신의 방에서 하루 종일 같이 있는 명현을 보며 물었다.

전날 은원각에서 돌아오자마자 명현은 운허의 곁을 떠나지 않았다.

처음에는 그저 자신을 위로해 주려는 것이라 여겼지만, 소피를 보러 가는 것까지 따라오자 그제야 명현이 지금의 사태를 심각하게 여기는 것을 느꼈다.

그러고 보니 평소 명현의 손에서 떠나지 않던 경전 대신에 검 한 자루가 쥐어져 있었다.

언제라도 상대를 베어버릴 것 같은 날카로운 기세도 느껴졌다.

"가지 않는다. 네 곁을 비울 수 없구나."

"하지만 화산대회의잖아요……."

"설마 가보고 싶어서 그러는 것이더냐?"

"예? 헤, 헤헤헤."

운허는 쑥스러운 웃음을 흘렸다.

명현의 말이 맞았다.

사태의 심각성을 모르는 것은 아니다.

그러나 운허는 화산대회의를 직접 겪어보고 싶기도 했다.

"어떤 주제가 나올지 겁이 나는구나."

"저는 궁금해요."

"장문인께도 실망이다. 아니, 본 파에 환멸감이 드는구나. 매영이라니, 어떻게 그딴 일이……."

명현은 몸을 부르르 떨었다.

그는 제대로 잠에 들 수가 없었다. 혹여 눈을 감았다 뜨면 저 소중한 제자를 다시 만날 수 없을까 두려웠다.

말이 되지 않는 일이다.

저토록 어린아이를 홀로 죽게 만들어야 하다니.

"장문 할아버지도 싫어했어요. 표정이 별로였어요. 그때 까만 귀신을 자꾸 쳐다보고 있었어요."

“…….”

운허가 말하는 바를 명현도 알고 있었다.

사별한 사부 청문만큼이나 존경해 왔다. 그래서 그만큼 실망을 느낄 수밖에 없었다.

명현은 청송의 나약한 모습을 보고 싶지 않았다.

화산이 외인에게 굴복해야 하는 것도 싫었다.

“그런데 암화가 뭘까요?”

운허의 물음에 명현은 고개를 내저었다.

“나도 처음 들어보는 곳이구나.”

“그런데 그 까만 귀신은 강해 보였어요.”

“안목이 늘었구나. 그는 강하다.”

“사부님보다도요?”

“…그런 것 같구나.”

명현은 씁쓸한 표정으로 말했다.

실제로 부딪쳐 보기 전에는 누가 더 강하다고 확신을 내릴 수 없는 곳이 무림이다. 그만큼 무공 간의 상성이나 실전에서의 기질이 대결에 미치는 영향력이 크기 때문이다.

그러나 명현은 자신이 그를 상대하고 이길 수 있으리라 여길 수 없었다.

흑영의 경지를 파악할 수가 없었기 때문이다.

거대한 벽과 마주한 것만 같았다.

“으음. 그래도 사부님이 이길 거예요.”

“정말로 그렇게 생각하느냐?”

“그럼요. 사부님이 가장 멋지고 가장 강해요. 이만큼이나
요!”

운허는 팔을 쫘악 펼치며 말했다.

명현의 입가에 자연스럽게 미소가 번졌다.

그러다 밖에서 기척이 느껴지자 검을 반쯤 뽑은 그는 운허
의 앞을 가로막았다.

“누구냐?”

“사숙, 저 운진입니다.”

“무슨 일이냐?”

“저기… 같이 있어도 되겠습니까?

문밖에서 들리는 운진의 목소리는 조금은 잠겨 있었다.

“들어오너라.”

“예, 감사합니다.”

명현의 허락이 떨어지자 운진이 들어왔다.

그의 뒤에는 제자인 진성을 비롯하여 전날 은원각에 같이
갔던 이들이 있었다.

“잠시 신세 좀 지겠습니다.”

운진은 넉살 좋은 얼굴로 안으로 들어왔다.

그가 들어오자 다른 이들도 명현의 눈치를 보며 따라 들어
왔다.

“잘 오셨어요, 사형들!”

운허는 그들이 오자 반가운 낯으로 반겼다. 그렇지 않아도
그들도 괜찮을지 걱정이 되는 차였다. 차라리 같은 처지에 처

한 이들끼리 이렇게 모이니 더 편한 마음이 들기도 했다.

"화산대회의의 결과가 나올 때까지는 이곳에서 기다리자꾸나."

명현의 말에 모두 고개를 끄덕였다.

화산대회의는 적막에 휩싸였다.

모두 청송을 보며 말을 잇지 못하고 있었다.

방금 전 청송이 한 이야기는 받아들이는 것조차 버거운 사실이었다.

어릴 적 들었던 매화진경과 매화비총이 실재하다니.

그리고 그곳에 어린 제자들을 매영이라 지칭하며 희생시켜왔다니.

도저히 믿을 수 없었다.

그러나 그만큼 받아들이기 힘든 것은 암화라는 조직이었다.

화산에 있으나 화산에 없는 조직.

매화진경에 관련된 그들의 명을 화산은 무조건 따라야 한다는 것이 말이 되는 것인가.

"장문인, 정말로 그런 조직이 있는 것이오?"

장로 중 하나가 믿을 수 없다는 듯 물었다.

"우리를 의심할 필요는 없습니다."

그리고 회의장 입구 쪽에서 낯선 사내의 목소리가 들렸다.

화산의 것과 같지만 색이 다른 도복을 입은 사내의 뒤에는 청송이 언급했던 흑영이 뒤따르고 있었다.

그들을 보는 청송의 눈이 가늘어졌다.

"그대가 설마……."

"제가 암화주입니다. 청송 장문인, 처음 뵙겠습니다."

암화주라 자신을 밝힌 사내는 환한 미소를 지었다. 언뜻 보기에는 무척이나 호감 가는 인상이지만 기이할 정도로 거북한 느낌이 들었다.

청송도 그에게 포권을 취했다.

"처음 뵙겠소. 화산 장문인 청송이오."

"화산의 뜻을 듣고자 왔습니다. 매영은 어디 있습니까?"

"밖에서 듣지 않았소."

"잊었습니까? 화산은 우리의 명을 따라야 한다는 것을. 당신들이 우리를 거부하는 것은 있을 수 없는 일입니다. 우리가 듣고자 하는 것은 화산이 누구를 매영으로 뽑았느냐 하는 보고입니다."

암화주는 목소리는 봄바람처럼 부드러웠다.

그러나 그 말을 듣는 순간 회의장의 분위기는 급속도로 얼어붙었다.

청송의 얼굴도 딱딱하게 굳어 있었다.

"본 파를 위협할 수 있다고 여기는 것인가!"

"물론입니다. 설마 당신들만이 반항하려고 했겠습니까. 왜 암화에게 복종해야 한다고 장문인들에게 전해졌겠습니까. 결국 다 무릎을 꿇었습니다."

암화주는 여전히 웃고 있다.

그러나 그의 몸에서 뿜어져 나오는 기세는 회의장 전체로 퍼져 나가기 시작했다.

반응은 즉각적이었다.

장로들과 일대제자 몇은 자리에서 벌떡 일어나 무기를 움켜쥐었다. 나머지 이들은 새하얗게 질린 얼굴로 땀을 뻘뻘 흘리고 있었다.

그 기세를 코앞에서 맞이하는 청송도 힘들어 보였다.

그는 아랫입술을 피가 날 정도로 깨문 상태였다.

"멈추어라!"

그리고 그때 옥양자의 노성이 터져 나왔다.

그러자 회의장 전체를 옥죄어오던 암화주의 기세가 끊어졌다.

옥양자는 노한 얼굴로 그의 곁으로 다가갔다.

"그쪽이 옥양자가 맞습니까?"

그를 알아본 것일까.

암화주는 반가운 듯 물었다.

그를 보고 있던 옥양자의 눈이 살짝 떨려오기 시작했다.

"칠십 년 만이군."

"아! 저를 기억하고 있습니까? 다행입니다. 그때 매영으로 당신이 선출되지 않아서 개인적으로는 참 아쉬웠습니다."

"옥기 사형은… 어떻게 되었나?"

옥양자의 물음에 장로들 몇의 얼굴색이 변했다.

모두 옥양자의 비슷한 나이 대에 화산의 제자가 된 이다.

그들도 그제야 기억난 것이다.

저 암화주에게 그들의 사형이 끌려갔던 그날의 일을.

그러니 옥양자의 말을 듣고 놀란 것이다.

칠십 년 전의 인물이 조금도 변하지 않고 눈앞에 나타났다는 뜻인가.

"전대 매영 말입니까? 뻔하지 않습니까. 나오지 못했습니다."

암화주는 이번에도 환하게 웃었다. 나오지 못했다는 것은 죽었다는 것과 다르지 않았다.

"당신은 칠십 년 전을 기억할 터이니 저들을 설득하십시오. 다들 너무나 약해서 힘 조절하는 것도 힘드니 말입니다."

암화주는 여전히 웃는 낯으로 이어 말했다. 마치 어린아이가 재촉하는 것 같은 그 표정에 옥양자는 굳은 얼굴로 고개를 저었다.

"아니. 내가 네놈을 이기면 그걸로 끝내자."

"겨우 당신이요?"

암화주는 동그랗게 커진 눈으로 되물었다.

"그렇다. 지금의 내가 화산제일인이다. 내가 네놈에게 진다면… 그때는 아무도 나설 수 없을 것이다."

옥양자의 말은 사실이었다.

화산제일인은 아직도 옥양자의 것이었다.

그가 진다면 화산의 검은 부러졌다는 뜻과도 다르지 않았다.

암화주는 무언가 골똘히 생각하다니 이내 사람 좋은 미소를 지으며 등 뒤의 흑영을 가리켰다.

"당신이 제 종을 이기면 저희가 물러나지요."

"나를 무시하는 것인가?"

"저와 싸우면 성겁잖습니까. 그러면 재미가 없습니다."

그렇게 말하며 암화주는 청송을 보았다.

"허락하겠소, 장문인? 내 종이 이기면 매영을 정하는 것으로."

그의 말에 청송은 옥양자를 보았다.

"이건 말이 되지 않는 것입니다."

"아니. 해야 한다."

옥양자의 눈에서 단호한 결의가 느껴졌다.

청송은 이를 악물었다.

"정말로 가능하겠습니까?"

"내가 막을 수 없다면 누구도 당해낼 수 없다."

"죄송합니다. 목숨을 걸어주십시오."

"이미 걸었다."

답을 하며 옥양자는 천천히 검을 뽑아 들었다.

그에게로 흑영이 달려들었다.

＊　　　＊　　　＊

"오래 걸려요. 원래 이래요?"

운허는 계속 한곳에만 있는 것이 지루한지 투정을 부리기
시작했다.

삼대제자들도 그에 동조하듯 고개를 끄덕였다.

"사제, 사태의 심각성을 아는 거야?"

운진이 날카로운 어조로 물었다.

운허는 고개를 끄덕였다.

"예, 알아요. 그래서 궁금해요. 아무것도 모른 채로 있기는
싫어요."

"그건 그렇지."

운진은 입맛을 다셨다.

사실 사부된 그들보다도 더 괴롭고 힘든 것은 운허와 자신
들의 제자들일 터였다.

"사숙, 그러면 제가 잠시 소식을 알아보고 오겠습니다."

운진은 그렇게 말하며 자리에서 일어났다.

"아니. 그럴 필요가 없을 것 같구나."

그러자마자 명현이 그를 제지했다.

명현은 검을 쥔 채로 문을 보며 소리쳤다.

"문밖에 있는 것은 누구인가!"

그러자 문이 천천히 열리며 명종이 굳은 얼굴로 들어왔다.

갑작스런 그의 등장에 모두가 의아하게 여길 때, 명종이 명
현을 보며 입을 열었다.

"도망가라."

"갑자기 무슨 말씀이십니까, 대사형?"

"졌다."
"그게 무슨……?"
"화산이 졌다."
명종이 낮은 목소리로 말했다.
그러자 답답해진 명현이 그를 재촉했다.
"대사형, 무슨 일입니까? 도대체 어떤 일이 일어난 것입니까?"
"화산제일검이 돌아가셨다."
"갑자기 그게 무슨 말씀이십니까? 누가 돌아가셨다는 겁니까?"
"화산제일검 옥양자 장로, 그분이 돌아가셨다.
"옥양자 사조님이 말입니까?"
"지셨다. 흑영이라는 자에게 돌아가셨어."
"……."
명현은 말을 이을 수가 없었다.

명종의 말에 모든 사태를 알 수는 없었다.
그러나 고민은 짧았으며 행동은 그보다도 더 빨랐다.
사부인 이들은 제자들을 등에 업고 곧장 하산하기 시작했다.
다들 필사적으로 걸음을 옮기고 있었다.
나뭇가지에 부딪치고 수풀에 엉켜도 속도를 늦추지 않았다.
오히려 그럴수록 이를 악물고 달려나갔다.

그들이 불안했기 때문이다.

명종에게 자세한 설명을 듣지 않아 전후 사정은 몰랐다.

그러나 옥양자가 졌다는 것만으로도 충분했다.

화산이 졌다.

삼백 년의 역사를 이어오면서 똑같은 상대에게 또다시 무릎을 꿇어버린 것이다. 그것도 화산대회의에서 화산제일인이 꺾여 버린 것이 너무나 뼈저리게 아파왔다.

사실상 화산은 맞설 힘도 명분도 잃은 것이다.

"사부님, 땀나요. 괜찮아요?"

명현의 등에 업혀 있던 운허는 그의 이마에 맺힌 땀을 소매로 닦았다.

"후우, 후우, 괜찮다. 아직은."

답을 하는 명현의 숨은 거칠었다.

전력으로 신법을 펼치자 숙소에서는 제법 멀어졌지만 아직 그는 만족할 수 없었다.

"다들 지쳤어요. 다리가 흔들려요."

운허는 뒤를 바라보더니 명현에게 작게 속삭였다.

그제야 명현도 뒤를 돌아보았다. 자신의 제자를 업고 같이 달리던 이대제자들과의 거리가 제법 멀어져 있었다.

그가 지친 것보다 더 심하게 지쳐 있는 것이다.

"잠시 쉬었다가 가자."

명현의 말에 이대제자들은 새하얗게 질린 얼굴로 조용히 고개를 끄덕였다.

일단 자리에 앉자 다들 거친 숨을 토했다.

그들은 생각보다 더 지쳤는지 앉아 있으면서도 다리를 부들부들 떨고 있었다.

"호법을 설 것이니 몸을 추스르거라."

명현의 말에 다들 군말 없이 심법으로 몸을 추스르기 시작했다.

어린 제자들도 사부들 옆에 자리를 잡고 눈을 감았다.

그러나 오로지 운허만은 명현을 보고 있었다.

"너도 쉬거라."

"괜찮아요. 사부님 등이 너무 편해서 저는 괜찮아요."

운허는 손사래를 쳤다.

그리고는 명현의 곁에 바짝 붙어 그의 어깨에 머리를 기대었다.

"헤헤헤, 사부님 땀 냄새 많이 나요."

"그렇구나. 등에 업힐 때 코를 막아야겠구나."

"아뇨. 괜찮아요. 아버지 같았어요."

운허는 문득 예전을 떠올렸다.

지금보다도 더 어렸던 시절이다.

그의 아버지는 가난했다. 어머니도 마찬가지였다. 지독한 가난에 고을 지주의 종노릇을 하면서 살아왔다.

그러던 어느 날이었다.

운허의 아버지는 결심을 했다.

아들만은 사람답게 살게 하자고, 조금만 더 배부르게, 단 한 번만이라도 기운 옷이 아니라 새 옷을 입혀주자고.

운허의 어머니도 반대하지 않았다.

그래서 몇 살 되지도 않은 운허를 데리고 이곳저곳 전전하기 시작했다.

운허는 그때가 기억났다.

모두 잊고 있던 것들이다.

전부 잊었을 것이라 생각했던 일들이다.

걷다가 발이 다치면 언제나 업어주던 아버지의 그 넓고 따스한 등이 좋았다. 그러다 그 냄새에 마음이 풀려 잠들면 그 옆에서 자신의 머리를 쓰다듬어주던 어머니의 손길도.

이제 다시는 얻을 수 없는 것들이다.

"이렇게 만져주세요."

운허는 명현의 손을 들어 자신의 머리 위에 얹었다.

이내 명현이 머리를 쓰다듬어 주자 운허는 히죽히죽 웃기 시작했다.

"엄마 손 같아요."

자꾸 그때의 추억이 떠올랐다.

춥고 배고팠다.

남들의 시선에 가난이 부끄러웠다.

떠돌이 신세가 너무나 싫었다.

그러나 그때로 돌아갈 수만 있다면 가고 싶었다.

이제는 추억조차 희미해진 두 분과 함께 걸어갈 수 있다면 기꺼이 그러고 싶었다.

그건 축복이니까.

"사부님, 언제나 감사해요."

운허는 지금의 이 그리움조차 어디에서 오는지 알고 있었다.

살아 있기 때문이다.

명현과 함께 화산에서 행복했기 때문이다. 그랬기에 아버지와 어머니의 죽음을 받아들일 수 있던 것이다. 그래서 이처럼 수많은 형제를 얻은 것이다.

문득 운허는 앞으로의 일이 궁금했다.

"그런데 이렇게 가면 저희는 어떻게 되요?"

"…아마 파문될 것 같구나."

"헤헤헤. 그러면 고기 먹을 수 있어요?"

"아주 배부르게 먹자꾸나."

명현은 애써 미소를 지었다.

그는 화산을 등지고 사는 삶을 한 번도 생각해 본 적이 없었다.

운허는 하품을 하고는 눈 끝에 맺힌 눈물을 닦았다.

"흐아암! 그래도 전 힘들어도 사부님이랑 있으면 좋아요."

"나도 네가 있으니 좋구나."

명현과 운허의 사이에 잠시 침묵이 돌았다.

그러다 명현의 눈이 떨려왔다.

"운허야."

"예, 사부님."

"만약 우리가 화산을 떠나면 말이다. 정말로 화산이 우리를 찾지 않는다면 말이다……."

"고기 많이 먹어요. 술도 마서볼래요."

"우리 그냥 도사 짓도 그만하자꾸나."

"정말요?"

"그리고 정말 우리가 도사가 아니라 평범하게 살아간다면 말이다. 나, 나에게 말이다……."

"매일 안마해 드릴까요?"

"아, 아버지라 부르지 않겠니?"

"예? 뭐라고 하셨어요?"

갑작스런 말에 운허가 눈을 동그랗게 떴다.

화산에서 도망을 치는 와중에 들을 것이라는 생각조차 못한 일이다.

얼어버린 운허를 보며 명현이 황급히 손을 내저었다.

"아니다. 내가 실언했구나. 그냥 잊거라. 그저 나를 아버지처럼 믿고 따라주었으면 하는 마음에서……."

"아버지."

"…뭐?"

"헤헤헤. 전 좋아요, 아버지. 아버지라 부를게요."

운허는 환하게 웃고 있었다.

그 아버지라는 단어를 듣는 순간 명현은 흐르는 눈물을 참을 수가 없었다.

심장이 미친 듯이 뛰기 시작했다.

눈물샘이 고장 난 것이리라.

땀에 젖은 소매로 그는 황급히 두 눈을 가렸다.

그를 보는 운허도 눈물을 흘리기 시작했다. 소매로 대충 닦자 얼굴이 콧물과 눈물로 범벅이 되었다.

"전 사부님 좋아요. 정말 아버지 같아요. 사부님이라면 돌아가신 아버지도 좋아하실 거예요."

"그, 그래. 네가 성인이 되기 전에 그분들의 묘로 가자꾸나."

"으음. 맛있는 것 많이 들고 가요."

"그래야지. 중원을 돌면서 먹었던 가장 맛있는 음식들을 들고 찾아가자꾸나."

"헤헤헤, 좋아요. 그러면 당과는 꼭 들어가야 해요."

운허는 종종 청송이 몰래 쥐어주던 당과를 떠올렸다. 그러자 입가에 자연스레 침이 고였다.

명현도 평소와 달리 들떠서 이것저것 이야기를 하던 찰나,

"다들 여기 있었습니까?"

낯선 사내의 목소리가 들렸다.

명현과 운허는 화들짝 놀라 고개를 들었다.

그들이 쉬고 있는 나뭇가지 위에 처음 보는 이가 앉아 있었다.

"너는 누구냐?"

명현은 상대가 범상치 않음을 느꼈다.

"암화주입니다. 그런데 누구입니까, 매영이 될 아이가?"

암화주는 운허를 비롯하여 다른 아이들을 훑어보았다. 그의 입가에 만족스런 미소가 머금어졌다.

"이번에는 제법입니다. 최소한 중상은 되겠군요."

"화산의 제자들이 상품인 줄 아는 것이냐?"

"예. 당신의 제자들은 그저 재물입니다."

"이놈!"

명현은 자리를 박차고 뛰어올라 암화주의 목을 향해 검을 휘둘렀다.

그러나 그의 몸에 닿기도 전에 명현의 몸이 뒤로 튕겨졌다.

몰래 모습을 숨기고 있던 흑영이 그를 막은 것이다.

명현의 눈이 가늘어졌다.

흑영의 몸 여기저기에는 아직도 피가 흐르는 상처가 있었다.

"그 상처는 설마……."

"옥양자다. 제법이더군."

흑영이 담담하게 말했다.

그러나 듣는 입장에서는 충격적일 수밖에 없었다.

암화의 일개 종이라 불리는 이가 화산제일검을 살해했다. 명현의 입장에서는 절망과도 같은 소식이었다.

이길 수 없다.

명현은 그 생각에 뒤로 고개를 돌렸다.

"어서 도망가라!"

그의 고함에 뒤늦게 운기조식을 끝낸 이대제자들이 제자들을 챙기고 뿔뿔이 흩어지려 했다.

그러나 그들은 도망갈 수 없었다.

그들의 사이로 암화주가 나타난 것이다.

그는 땅에 내려서는 순간 도망가려던 일곱 명의 마혈과 아혈을 동시에 짚어버리는 신기를 발휘했다.

암화주는 딱딱하게 굳어진 일곱 명 중 어린 제자들을 하나씩 들어 올려 이것저것 살피기 시작했다.

그게 매영을 선발하려는 것임을 명현은 알아차렸다.

"비켜라, 이놈!"

명현은 앞을 막아서는 흑영에게 달려들었다.

'사부님, 사부님.'

손끝 하나 까딱할 수 없는 운허의 눈은 명현과 흑영에게 고정되어 있었다.

명현은 흉흉한 기세를 풍기고 있었다.

운허로서는 처음으로 느끼는 짙은 살기였다.

그를 맞서는 흑영은 상처를 입은 상태였지만 여유로웠다.

명현의 검이 매화를 그려내었다.

화사하고 아름답게 피어나던 검은 그 순간 그 무엇보다도 매섭게 휘몰아치기 시작했다.

그 사이로 흑영이 검을 들이밀었다.

명현과 비교하면 너무나 느리고 단조로운 일 초였다.

그러나 그 일 초에 명현의 공격은 허망할 정도로 흐름이 끊기고 말았다.

운허는 경악을 금치 못했다.

흑영은 말이 일 초지 그냥 검을 들이밀었을 뿐이다.

그런데 명현의 공격은 그대로 끊어져 버렸다.

"흐흠. 이놈도 별로네."

그사이 암화주의 목소리가 들려왔다.

이번이 몇 명째일까.

암화주는 어린 제자들을 살펴보고는 마음에 들지 않는다며 뒤로 던져 버린 것 같았다.

'사부님, 구해주세요.'

점점 암화주의 발걸음이, 그의 목소리가 가까워져 간다.

운허는 명현을 끝없이 불렀다.

이야기 속의 영웅처럼 명현이 흑영을 단칼에 물리치고 자신을 구해주기를 바랐다.

그러나 그건 쉽지 않았다.

명현은 쉬지 않고 공격을 퍼부었다.

하지만 그 검은 흑영에게 닿지 않았다. 오히려 흑영이 장난삼아 한 번씩 들이미는 검에 공격이 끊겨 뒷걸음치기 일쑤였다.

"매화검법의 파훼법이라니……!"

그리고 명현의 당혹스러운 음성이 들렸다.

운허도 그제야 알았다.

흑영은 매화검법을 알고 있는 것이다. 그러니 저토록 태연한 것이다.

언제 어디서 어떤 공격이 올 줄 아는데 무엇이 두려울까.

그제야 암화가 화산이지만 화산이 아니라는 말이 실감났다.

최소한 그들은 화산을 알고 있다.

그 말은 그들은 화산의 무공에 대해서도 전부 알고 있다는 뜻으로도 볼 수 있었다.

"흐음. 네가 운허니?"

그사이 암화주가 운허의 코앞으로 얼굴을 들이밀었다.

운허는 기이한 느낌을 받았다.

암화주의 두 눈은 너무나 깊었다. 그 끝이 보이지 않아 두려움이 절로 들었다.

그리고 암화주의 손바닥이 머리에 얹어졌다.

'아아악! 아파! 아파! 사부님!'

운허는 머리가 깨어지는 고통을 느끼기 시작했다.

암화주의 손에서 흘러나오는 기운이 퍼지며 머리 이곳저곳을 헤집기 시작한 것이다.

운허의 얼굴 전체에 혈관이 돋고 코피가 터져 나왔다.

"두뇌가 튼튼하구나. 대기만성 형이야. 그릇이 넓으니 처음은 힘들지."

귓가로 암화주의 만족스러운 음성이 들려왔다.

그 기운이 머리를 지나 점점 온몸에 퍼지기 시작하면서 운허의 입가에서 거품이 일어나기 시작했다. 몸이 멋대로 비틀리면서 기괴한 소리가 났다.

"운허야아!"

그걸 본 명현의 비명 소리와도 같은 외침이 들렸다.

"비켜라! 어서 비켜!"

운허의 귓가로 명현의 울부짖음이 들렸다.

그러나 시야가 뿌옇게 변하면서 아무것도 보이지 않았다.

온몸에 퍼지는 지독한 고통에 정신의 끈을 놓아버릴 것 같았다.

살아야 한다.

이대로 죽을 수 없다.

운허는 숨이 멎을 것 같은 고통을 참고 견뎠다.

"너구나. 내 반쪽을 죽일 놈이."

갑자기 고통이 사라지며 암화주는 운허를 들어 올렸다.

그가 짓는 환한 미소에 운허는 감출 수 없는 공포를 느끼고야 말았다.

"아이야, 말하거라. 네가 매영이 되겠다고."

"시, 싫어! 나는 싫어!"

"왜? 네가 적격이란다. 너는 자질이 있어."

"너 싫어. 나는 싫다고."

벌벌 떨기 시작한 운허는 제대로 된 말을 이을 수가 없었다.

그를 보는 암화주는 입맛을 다셨다.

"네가 싫어도 해야 한단다. 저기 아이들 보여?"

암화주는 한쪽을 가리켰다.

운허와 함께 매영으로 거론되었던 삼대제자들이다.

그들의 상태는 결코 좋지 않았다. 팔다리가 기이하게 돌아 갔으며 얼굴은 새파랗게 질려 금방이라도 숨이 끊어질 것만 같았다.

그 아이들의 빛바랜 눈동자와 마주쳤다.

그 속에서 운허는 자신을 보았다.

"아아아악! 사부님! 살려줘요. 살려줘요!"

운허는 공황상태에 빠졌다.

암화주의 손에서 발버둥을 치며 울부짖기 시작했다.

"내가 간다. 조금만 기다리거라!"

그걸 보면서도 나아갈 수 없는 명현은 피를 토하는 심정이 었다.

그가 펼치는 무공은 모두 화산의 것이다.

그러나 그 화산의 무공으로는 흑영에게서 벗어날 수 없었 다.

이미 몇 차례 검상을 입어 움직이기도 힘들었다.

"하아! 이래서 애들이 싫어. 저자를 내게 보내라."

울부짖는 운허를 보며 혀를 차던 암화주가 흑영에게 말했 다.

흑영은 명현에게서 멀찍이 떨어졌다.

잠시 눈치를 보던 명현은 암화주에게 달려들었다.

"우오오오오!"

단전의 모든 내력을 일검에 쏟았다.

지금 이 검이라면 암화주의 머리를 쪼개리라 믿었다.

그러나 현실은 잔혹했다.

그의 검이 암화주에게 잡혀 버렸다. 내기가 실린 일검은 강철도 쪼갤 수 있었건만, 암화주의 그 가녀린 손이 주는 힘에 그의 검신에 점점 실금이 가기 시작했다.

이윽고 검이 부러졌다.

그 반탄력에 명현이 피를 토하며 쓰러지려 하자 암화주가 그를 향해 손을 뻗었다.

명현의 몸이 홀로 땅바닥에서 떠오르기 시작했다.

허공섭물(虛空攝物). 그 지고한 경지를 암화주가 펼치고 있는 것이다.

"말하거라. 매영이 되겠다고. 그러지 않으면."

"크허억!"

암화주가 손바닥을 좁히자 명현이 비명을 질렀다. 보이지 않는 힘이 그의 온몸을 누르고 있었다. 살이 짓눌리고 관절이 비명을 지르기 시작했다.

"하지 마! 사부님한테 그러지 마!"

"매영이 되겠다고 말하거라."

"나는… 나는……."

운허는 쉽게 말을 잇지 못했다.

말 한마디면 된다.

그 한마디면 모든 것이 끝난다. 더 이상 명현이 아플 일은 없다.

그러나 그럴 수 없었다.

방금 전 명현과의 약속이 자꾸만 떠올랐다.

"나는… 괜찮다. 그러니 매영은 안 된다……."

명현이 피를 토하며 힘겹게 말을 이었다.

그걸 보며 운허는 두 눈을 질끈 감으며 고개를 끄덕였다.

말할 수 없다.

절대 매영은 되지 않을 것이다.

"좋구나. 그러면 계속 보고 있으면 된단다."

암화주를 움켜쥔 손을 놓았다. 그러자 운허는 바닥에 떨어졌다.

그는 운허 대신에 명현의 목을 움켜쥐었다.

암화주는 자신보다도 더 큰 명현의 몸을 들고서도 아무렇지 않았다.

"지금부터 네가 만족할 때까지 계속할 것이란다."

암화주는 그렇게 말하며 명현의 부러진 검에 손을 펼쳤다. 그러자 줄이라도 감긴 것처럼 그의 손에 검이 쥐어졌다.

"아, 안 돼! 하지 마!"

운허는 뒤늦게 그의 행동을 눈치챘다.

그러나 암화주의 검은 말없이 명현의 몸을 갈랐다.

"크아아아아아!"

오른쪽 어깨에서 왼쪽 옆구리까지.

반 토막이 난 검이 스쳐 지나간 자리에서 살이 갈라지고 피가 뿜어져 나왔다. 쏟아지는 피를 뒤집어쓴 채로 암화주는 그대로 명현의 복부에 검을 찔러 넣었다.

“하지 마! 하지 마아아!”

운허는 암화주의 발을 부여잡으며 소리쳤다.

그러자 암화주는 운허를 걷어차고 다시 명현의 몸을 베었다.

“하, 하지 마! 제발요! 하지 말아요!”

다리에 힘이 풀린 운허는 다시 그의 앞으로 기어갔다.

하지만 다시 암화주는 운허를 걷어찼다.

“내가 원하는 대답은 그게 아니란다, 아이야.”

피 범벅이 된 얼굴로 암화주는 화사하게 웃었다.

“아, 안 된다. 도망가거라……”

명현은 고통을 참으며 고개를 저었다.

그러나 운허의 귀에 그의 목소리는 더 이상 닿지 않았다.

암화주의 발 앞에 운허는 고개를 조아렸다.

“매, 매영이 되겠습니다. 그러니까 하지 말아요. 제, 제발 우리 사부님을 살려주세요. 제발요.”

“좋다.”

운허의 대답에 암화주는 만족스러운 미소를 지으며 명현을 집어 던졌다.

그는 비명도 지르지 못하고 혼절해 버렸다.

“칠 년 뒤다. 너를 데리러 오겠다.”

암화주는 그 말을 남기고 사라졌다.

운허는 그가 사라지자 명현에게로 엉금엉금 기어갔다.

“아, 아버지, 저 어떻게 해요.”

운허는 정신을 잃은 명현을 끌어안으며 눈물을 흘렸다.

하지만 혼절을 한 명현에게서 답은 없었다. 갈라진 상체에서는 끝없이 피가 흘렀다.

"죽지 마요. 제발 죽지 마요. 제발요. 아버지, 제발요."

운허는 명현을 껴안으며 흐느껴 울었다.

第六章
절차탁마(切磋琢磨)

운허는 거처를 은원각으로 옮겼다.

솔직한 심정으로는 아직도 의식을 차리지 못한 명현의 곁에 있고만 싶었다.

칠 년 후 떠나기 전에 오랫동안 그와 있고 싶었다.

하루라도 더 좋은 시간을 보내고 싶었다.

그러나 차마 그럴 수 없었다.

암화주가 매영을 손수 고르던 그날, 운허를 제외한 어린 제자 셋은 그 자리에서 죽었다.

온몸의 혈맥이 엉킨 탓에 죽은 것이다.

운허는 그제야 암화주가 무엇을 했는지를 실감했다.

간단했다.

버티지 못하면 죽는 것이다.

그래서 견뎌낸 운허만 살아남은 것이다.

그러나 그뿐이었다.

처음부터 견뎌낼 사람이 운허밖에 없었다는 뜻이다. 그 말은 운허가 먼저 매영이 되겠다고 했다면 그 누구도 죽지 않았다는 것이다.

명현이 그토록 심한 중상을 입지도 않았을 것이다.

운허는 사형들을 볼 면목이 없었다.

그러나 그 누구도 운허를 원망하지는 않았다. 그리고 위로도 없었다.

그래서 도망치듯이 은원각으로 왔다.

쓸쓸함과 함께 홀가분하다는 마음이 들었다.

어차피 그래야 했다.

매화진경은 매화진인의 평생에 걸친 심득이다.

그것을 완전히 얻어내기 위해서는 여태까지와 다른 생활을 해야만 했다.

화산의 모든 무공을 익혀야 했다.

사서삼경 등을 통해 부족한 지식을 채워야 했다.

은원각은 그걸 위한 장소라고 해도 과언이 아니었다.

화산에서도 격리된 곳이었기에 누군가가 찾아오지도 않았다.

운허를 가르치기에 장로만큼 알맞은 이들도 없었다.

그러나 흑영에 대한 공포가 너무 컸을까, 그게 아니면 사문의 무공이 무너진 것에 대한 상실감일까.

장로들은 운허를 믿지 못했다.

운허가 은원각에 들어온 순간부터 사사로운 목적으로 찾는
이는 아무도 없었다. 오로지 운허를 감시하고 교육할 때 말고
는 얼굴조차 비추지 않았다.

사실상 감금된 것이다.

그러나 운허는 불만 한 번 터뜨리지 않았다.

차라리 이게 나았다.

거리가 멀어지면 마음이 멀어진다고들 하지 않는가.

최소한 얼굴을 볼 수 없다면 못난 제자에 대해 잊을 수 있을
것이라 여겼다.

운허는 두 눈을 감고 잠을 청했다.

평소와 달라진 그렇고 그런 하루였다.

*　　　*　　　*

"어서 오세요."

운허는 다소 피곤해 보이는 얼굴로 청송을 맞이했다.

현재 운허는 화산의 모든 무공을 새로 배우기 때문에 대부
분의 시간을 연무장에서 보내고 있었다.

방금 전만 하더라도 마보로 기초 체력을 다지자마자 복호권
을 다시 배우고 있었다. 원래대로라면 그것을 다 익힐 때까지
연무장을 벗어날 수 없었다.

그러나 이번만큼은 예외였다.

바로 자하신공을 배워야 하기 때문이다.

자하신공은 화산 제일의 무공이다.

그 무공의 중요성을 미루어 말할 수 없었다.

대대로 장문인만이 배우는 것이기에 남들의 이목이 집중된 곳에서 사사할 수 없었다.

그래서 지금은 장로들도 은원각을 나가 있는 상태였다.

청송은 그걸 빌미로 운허를 만날 수 있었다.

그가 오고 장로들이 나간 것을 확인하자마자 운허는 다짜고짜 명현에 대해 물었다,

"녀석은 괜찮다."

"정말로 일어나셨어요?"

"계속 정신을 못 차리고 있구나. 그래도 몸은 괜찮아졌으니 금방 일어날게다."

"상처는 다 아물었어요? 이제 피 안 나죠, 그죠?"

운허는 자꾸 되물었다.

명현의 상태는 심각했다.

땀을 뻘뻘 흘리며 악몽이라도 꾸는 것일까. 몸을 뒤척일 때마다 상처가 벌어져 피가 계속 흐를 정도로 상태가 좋지 않았다.

어쩌면 그게 다행이었다.

그가 의식을 잃었기에 운허는 그를 떠나 거처를 은원각으로 옮길 수 있었다.

만약 명현이 정신을 잃지 않았다면 어땠을까.

그는 분명 자신은 괜찮으니 절대 매영 따위는 되지 말라고 했을 것이다. 그 한마디에 운허는 절대로 은원각에 오지 않았을 것이다.

어떤 수를 써서라도 화산을 등지고 도망갔을 수도 있다.

지금도 운허는 도망치고 싶었다.

죽기 위해 살아야 하기에는 칠 년이란 시간은 너무나 길었다.

청송은 힘없는 미소를 지었다.

"상처는 아파야 나을 수 있는 거란다."

"그렇구나. 그럼 금방 나으시겠네요. 그렇게 아파하시니까."

"그래. 그런데 운허야, 이곳 생활은 괜찮으냐?"

"예, 괜찮아요. 살 만해요. 보세요. 이제 더 건강해졌어요."

운허는 옷자락을 걷어 팔뚝을 보였다.

마른 팔뚝에는 근육이라고는 보이지 않았다.

"팔에다 메추리알 얹어놓은 것 같구나."

청송의 솔직한 감상에 운허는 머쓱한 웃음을 지었다.

"그런데 괜찮으세요? 이렇게 돌아다니셔도 되요?"

"괜찮단다. 한 일 년만 몸을 다스리면 예전만큼은 움직일 수 있겠더구나."

"하지만……."

운허는 꺼내던 말을 삼켰다.

차마 더 이상 말을 할 수 없었다.

청송의 상태 또한 여전히 좋지 않았다. 당장 쓰러져도 이상하지 않을 정도였다. 창백해진 피부는 고목처럼 거칠어져 있었다. 말을 하면서도 힘든지 숨을 여러 번 골랐다.

그게 괜찮았을 리가 없다.

누가 보아도 청송의 상태 또한 가볍지 않았다.

"그 종놈 말이다. 더럽게 강하더구나."

"그 까만 귀신이요?"

"그래. 그놈이 더럽게 강했어. 옥양자 장로가 질 때 그냥 참는 건데, 이놈의 성질이 그냥……."

청송은 한숨을 쉬었다.

운허는 뒤늦게 안 사실이다.

옥양자가 흑영에게 무릎을 꿇던 순간에 청송도 그에게 덤벼들었다.

바로 자하신공을 믿었기 때문이다.

자하신공은 내공심법이다. 애초에 파훼법이라는 것이 존재하지 않는 것이다.

있다면 단 하나일 것이다.

자하신공보다 더 강하면 되는 것이다.

청송은 자하신공을 믿었다.

흑영도 옥양자 때와는 달리 수세에 몰렸다.

그러나 그것도 잠시였다.

결국 몇 수 지나지 않아 청송도 무릎을 꿇고야 말았다.

당연한 일이었다.

흑영은 화산의 무공에 대한 파훼법을 알고 있다. 비록 청송이 자하신공으로 무장을 했다고 하여도 그가 펼치는 무공의 근간 또한 화산이었다.

상대하기 까다로울 뿐 질 일은 없었다는 것이다.

청송은 그때 목숨을 걸었다.

그는 진원진기까지 끌어올려 결판을 내려 했다.

하지만 그것은 불가능했다. 명종이 청송의 뒤에 나타나 그를 기절시킨 것이다.

그다음 명종은 명현 일행을 도주시켰다.

청송은 명종 덕분에 목숨은 보전할 수 있었다.

그러나 그의 자존심이 무너져 버렸다.

그 이후에 그는 명종을 단 한 번도 찾지 않았다. 명종 또한 단 한 번도 청송을 찾지 않았다.

사실상 의절한 셈이다.

"그런데 대사백은……."

"그 녀석 이야기는 꺼내지 말거라."

청송은 운허의 말을 잘랐다.

방금 전까지 손자를 대하던 자상한 모습은 사라졌다.

노기를 띤 그의 눈빛은 병자의 것이라 볼 수 없을 정도로 매서웠다.

"화산의 자존심을 건 일전이었고 나는 장문인으로서 목숨을 걸었다. 그 녀석은……."

"대사백은 할아버지를 택한 거예요. 할아버지는 대사백에게 소중한 사람이에요. 그리고 저한테도 소중해요."

"나도 녀석도 어른이다. 사람은 살면 언젠가 죽는 게야."

"그게 지금이어서는 안 되잖아요."

"화산을 위해서였다."

"아니에요. 할아버지만을 위한 거였어요."

운허는 고개를 젓더니 이어 말했다.

"오래오래 사세요. 화산이 더 이상 아프지 않게 해주세요. 그렇게 돌아가시면 안 돼요. 도망가는 거잖아요. 그러면 안 돼요. 도망가면요, 소중한 사람이 다쳐요."

"……"

청송은 답할 수 없었다.

운허는 지금 스스로의 상황을 빗대어 말하고 있었다.

맞는 말이다.

운허는 자의든 타의든 도망갔다. 그리고 가장 소중한 사람인 명현이 죽을 뻔했다.

하지만 청송은 묻고 싶었다.

지금 어떠냐고.

그래서 지금 무엇을 네가 얻을 수 있느냐고.

그러나 그는 그 물음을 입 밖으로 꺼낼 수가 없었다.

어떤 답이 돌아올까 두려워서가 아니다.

그 질문만으로 운허가 더 다칠까 봐 입을 열 수가 없는 것이다.

“그래, 네가 맞구나. 내가 경솔했어.”

청송은 작게 중얼거렸다.

사람은 언젠가 죽는다.

하지만 그게 저번 일전이었을 필요는 없었다.

운허의 말대로다.

그는 화산의 장문인이었다.

화산의 과거를 잇고 현재를 이끌며 미래를 만들어야 하는 자리였다.

그는 죽고 싶어도 죽어서는 안 되었다.

“소중한 사람이 죽으면 남은 사람은 슬퍼요. 저도 그랬어요.”

운허는 담담하게 말했다.

지금도 운허는 어리다. 그러나 이보다 더 어렸을 적에 양친을 잃었다.

경험상 죽음은 남은 이들에게 더 슬픈 일이었다.

청송의 딱딱해진 얼굴을 본 운허가 화제를 돌렸다.

“대사백 많이 혼냈어요?”

“별말 하지 않았다. 그냥 알아서 면벽동에 몇 년 있겠다고 하더구나.”

청송은 그때를 떠올렸다.

명현은 늙었으니 몸조심하라는 서찰 하나만을 남기고는 면벽동으로 들어갔다.

“거기 개구멍 있어요.”

"뭐?"

"대사백이 전에 뚫었대요. 지금쯤 밖에서 놀고 계실 걸요?"

"……."

"이 기회에 단단히 잡으세요. 헤헤."

운허가 히죽 웃으며 말했다.

갑자기 청송은 두통이 이는 것을 느꼈다.

"망할 제자 놈. 왠지 순순히 들어가더라."

"대사백이잖아요."

"그래, 그놈이 내 제자지. 그런데 꼭 여기여야만 했더냐?"

청송은 섭섭한 마음을 숨길 수 없었다.

화산이 지키지 못한 운허다.

그에 대해 죄책감을 가지지 않는 도사는 없다.

모두들 운허에게 무언가라도 더 해주고 싶은 마음일 것이
다.

함께 더 많은 추억을 남기고 싶다.

그런데 운허는 스스로 은원각으로 감으로써 모습을 숨겨 버
렸다.

"저 보면 다들 슬프잖아요."

운허는 고개를 저었다.

그 일이 있고 며칠 동안 아무도 쉽게 다가오지 않았다.

그러나 어렵게 찾아와 보내는 눈빛은 안타까웠으며 다들 괜
찮다고, 괜찮을 거라는 위로의 말을 해왔다.

고마웠다.

그러나 힘들었다.

죄책감이 묻어나온 그 호의들을 받아들이기 버거웠다.

그래서 은원각이 나았다.

장로들은 그 누구도 호의를 보이지 않았다.

그들에게 운허는 그저 매영이었다. 도사도 아닌 소모품일 뿐이다.

섭섭했지만 그게 더 편했다.

청송도 그것을 모르지는 않았다.

그러나 은원각에서의 대우가 박한 것이 마음이 편치 않았다.

"그래, 이 할애비는 이만 일어나야겠구나."

청송은 더 이상 아무렇지도 않게 운허와 이야기할 수 없었다.

"벌써 가시게요?"

"가서 명종이 놈 잡아야지."

"헤헤헤. 그럼 빨리 가세요."

머쓱한 듯 머리를 긁적이는 운허를 보며 청송이 말했다.

"명현이가 일어나면 하고 싶은 말은 없고?"

"저 근데요, 사부님이 일어나시면 저 찾지 말아달라고 해주시면 안 될까요?"

"…꼭 그래야 하겠니?"

의외의 말에 청송의 목소리가 잠겼다.

"예. 저 그냥 잘 지낸다고 해주세요."

운허는 환하게 미소 지었다.

청송은 힘없이 고개를 끄덕이며 그러겠다고 했다.

청송은 은원각에서 나오자마자 명현의 방으로 갔다.

운허에게 의식 불명 상태라고 말했던 명현은 놀랍게도 깨어 있었다.

청송이 들어오자 명현은 상체를 일으켰다. 그것만으로도 상처가 벌어지자 청송은 황급히 명현을 다시 침상에 눕혔다.

명현은 숨을 고르며 청송에게 물었다.

"운허는… 어떻습니까?"

"괜찮다. 그 아이는 건강하더구나."

"다행입니다. 정말로 다행입니다."

가슴을 쓸어내리는 명현의 눈가에 눈물이 맺혔다.

의식을 회복한 지는 이제 이틀 정도밖에 지나지 않았다.

그는 옆에 운허가 없음에 모든 것을 깨달았다.

운허는 매영이 되기로 한 것이다.

당장에라도 자리를 털고 운허를 보고 싶었다.

화산을 버리라고.

이곳을 떠나가라고.

제발 너는 너답게 살아가라고.

하지만 차마 그 말을 할 수가 없었다.

제자를 지키지 못한 못난 사부인 자신이 무슨 말을 할 것인가.

　화산을 위해 스스로를 버리는 그 아이에게 무엇이라 할 것인가.

슬픔은 멈추지 않았다.

눈물은 끝없이 흘렀고 상처는 제대로 회복되지 않았다.

하루하루가 지나고 그는 점점 감정을 추슬렀다.

운허가 보고 싶다.

하지만 참아야 한다. 그는 힘이 없었다.

운허를 만나게 되면 그 아이만 아프게 될 것이다.

"제가 깨어났다는 말을 하셨습니까?"

"아니다. 너의 부탁대로 의식을 잃고 있다고 전했다."

"그 아이가 무어라 했습니까?"

"…잘 있다고 전해달라고 하더구나."

"그렇군요. 잘 있는 거군요."

미치도록 운허가 보고 싶어졌다.

그 해맑은 웃음이, 다정한 말투가, 따스한 온기가 그리웠다.

그는 흐르는 눈물을 닦았다.

"폐관에 들겠습니다."

"지금 그 몸으로 말이더냐?"

의외의 말에 청송이 놀라 되물었다.

"폐관에 들 것입니다. 칠 년입니다. 그 안에 암화를 죽이고 제 제자를 돌려놓을 것입니다."

명현의 눈에 독기가 어렸다.

청송은 아무런 말도 할 수 없었다.

칠 년은 길다.

명현이 욕심을 품고 정진한다면 더 높은 경지에 도달할 수 있는 시간이다.

하지만 화산의 무공으로는 그들을 이길 수 없다.

"힘들 것이다."

"알고 있습니다."

명현의 눈은 결의에 차올랐다.

*　　　*　　　*

"검을 쥐어라."

옥평자의 싸늘한 말에 운허는 검을 쥐었다.

운허는 그때 처음으로 검을 쥐게 되었다.

명현은 그에게 단 한 번도 검을 가르치지 않았다.

도구라는 것은 몸의 연장이므로 먼저 몸을 제대로 다뤄야만 도구를 다룰 수 있다고 했기 때문이다.

그러나 운허에게는 더 이상 그 말이 통하지 않았다.

운허에게는 시간이 없었다.

목검도 한 번 쥐어본 적이 없는 손이 검을 쥐었다.

손잡이는 무척 딱딱했다.

검의 무게도 보통이 아니었다.

운허가 검을 쥔 손을 옥평자에게 보였다.

"다시."

옥평자는 파지법을 다시 가르쳤다.

검을 쥐면 손이 잘려 나갈 때까지 무조건 쥐고 있어야 한다.

그래서 파지법이 중요했다.

잘못 쥐면 검을 휘두를 때 손이 상할 수 있기 때문이다.

운허는 다시 기죽은 표정으로 검을 천천히 쥐었다. 너무 힘을 주어 손에 피가 통하지 않았다.

"따라 해라."

옥평자는 양손으로 쥔 검을 머리 위로 들어 올리고는 천천히 눈높이까지 내렸다.

"흔들리지 말고 끝까지 해라."

옥평자는 그렇게 말하며 연무장의 한구석에 있던 커다란 동경을 운허의 앞에 놓았다.

동경을 보며 자세를 바로 잡으란 것이다.

운허는 옥평자가 보여준 대로 검을 천천히 휘둘렀다.

처음에는 괜찮았다.

검이 무거웠지만 한 손보다는 양손으로 쥐니 편했다.

그러나 열 번이 넘게 휘두르자 팔이 부들부들 떨리기 시작했다.

문득 운허는 동경 속의 자신을 보았다.

누군가가 건드리면 금방이라도 울어버릴 것 같은 표정이다.

"사부님."

운허는 명현이 보고 싶었다.

"제대로 하지 못할까!"

검을 휘두르지 못하자 옥평자의 호통이 뒤따랐다.

운허는 화들짝 놀라 다시 검을 휘둘렀다.

운허는 한 달 동안 검을 익혔다.

단 한 번도 운허는 편안하게 잠을 청한 적이 없다.

매일같이 진검을 휘둘렀다. 언제나 한계를 넘는 혹독한 수련 때문에 매일 근육통에 시달렸다.

손아귀는 항상 찢어져 있었다.

물집이 터지고 잡히기를 몇 십 번이나 반복해서 이제는 손바닥 전체가 굳은살로 짓뭉개지고 있었다.

운허는 자신의 손을 몇 번이나 만졌다.

명현의 손을, 그리고 옥양자의 손을 닮아가고 있었다.

이 감촉이 운허는 싫지 않았다.

"쥐어라."

옥평자의 말에 운허는 다시 검을 쥐었다. 자면서도 검을 쥐는 상상을 했다.

이제 검은 운허의 손에 꼭 맞았다.

한 손으로 휘두르기 벅차던 무게도 이제는 익숙해졌다.

"좋아, 기수식을 취해라."

그제야 만족한 옥평자가 명했다.

운허는 이제 막 배우기 시작한 소청검법의 기수식을 취했다.

"다리를 넓혀라. 고개를 조금 더 들고 허리는 일자로 세워라."

옥평자는 손에 든 막대기로 운허의 몸 이곳저곳을 툭툭 쳤다.

운허는 다시 기수식을 취했다.

하지만 썩 마음에 들지 않았는지 옥평자는 기수식만 몇 번이고 다시 펼치게 했다.

운허는 군말 없이 그의 말에 따랐다.

그제야 옥평자가 막대기로 운허의 몸을 치는 것을 멈췄다.

"지금 그 동작을 잊지 말거라."

"예."

"대청검법은 화산의 절기 중의 하나다. 칠십이로를 다 펼치면 버텨낼 수 있는 상대가 없다고 한다. 그러나 그것도 대청검법을 다 익혀냈을 때의 이야기다. 상대가 버텨낼 수 없을 정도의 검법이라면 상대가 따라올 수 없을 정도의 노력을 했다는 것이다. 훌륭한 검법은 그만큼 훌륭한 자세가 필요하다. 소청검법은 대청검법을 축약시켜 놓은 것이다. 네가 화산의 무공을 익히려면 소청과 대청검법 모두 완숙의 경지에 다다라야 할 것이다."

그리고 옥평자는 소청검법을 펼쳤다.

운허는 넋을 잃고 그가 펼쳐내는 검을 보았다.

옥평자가 누구던가.

그는 무극파의 수장이자 청송의 사부로 옥양자와 함께 이분화산을 일으킨 장본인이기도 하다. 그리고 다른 장로들보다도 더 운허를 깐깐하게 대했다.

운허도 그래서 옥평자는 썩 좋아하지 않았다.

특히 이분화산을 일으킨 한 축이라는 사실만으로도 싫었다.

그러나 그 감정과는 별개로 옥평자는 지금 놀라울 정도로 훌륭한 검술을 펼치고 있었다.

그제야 왜 옥평자가 소청검법과 대청검법을 가르치러 온 것인지 알았다.

화산에는 장로가 한둘이 아니다.

그러나 왜 굳이 그가 운허를 가르치게 된 것인가.

그의 소청검법에 대한 경지는 다른 장로들이 감히 범접할 수 없는 지경에 이르러 있었다.

직접 그의 검을 보니 운허는 실감할 수밖에 없었다.

"이 검로를 익힌다. 그때까지 너에게 휴식은 없다."

옥평자는 한 차례 검법을 다 펼치고 운허에게 한 초식씩 가르치기 시작했다.

운허는 원래 배움이 좀 느린 편이었다.

화산의 생활 자체에 만족했기에 매사 욕심이 없기도 했다.

물론 노력 자체를 아끼는 것은 아니었지만, 다른 제자들처럼 화산의 무공이나 도가경전에 필사적으로 매달리지 않았다.

그저 화산에서의 생활을 하루하루 즐길 뿐이었다.

그러나 지금은 달랐다.

운허는 강해져야만 했다.

그 누구보다도 완벽한 매영이 되어야 했다.

만약 매영이 되지 않는다면 암화가 화산에 어떤 짓을 할지 모르기 때문이다. 암화주를 실망시킨다면 이번에는 명현을 죽일지도 모른다는 생각마저 들었다.

그래서 전과는 다르게 놀라운 집중력을 발휘하고 있었다.

대청검법의 칠십이로를 추렸다지만 소청검법은 훌륭한 검법이었다.

검법의 완성도는 여느 검법에 못지않았다.

그러나 운허는 놀라울 정도로 빠르게 검법을 익혀나가고 있었다.

옥평자는 적지 않게 놀랐다.

하지만 그는 조금도 내색하지 않았다. 칭찬 한마디도 없었다. 오히려 그럴 때마다 운허의 단점을 지적했다.

당연한 일이었다.

절대 희망 따위는 주어서는 안 되었다.

그 흔한 안부 인사도 없다.

따스한 눈길도 주어서는 안 된다.

매영이 된 자에게는 처음부터 끝까지 절망과 고독만을 짊어지게 해야 했다.

절대 매영을 인간으로 대해서는 안 되었다.

화산을 원망하게 해야 한다.

죽어서도 화산을 저주하게 해야 한다.

살아 돌아와 화산을 없애 버리겠다는 흉심을 품게끔 해야 했다.

그렇게 해서라도 매영으로서의 자격을 갖추어야 했다.

그래야 살아날 확률이 있다.

화산의 모든 것을 배우고, 화산의 모든 것을 원망하고, 화산의 모든 것을 저주해야 실낱같은 희망이라도 생긴다.

모든 것에 버려진 인간은 살아남기만을 바라니까.

화산이 매영에게 바라는 것은 잘 가라는 작별도 아니다. 가서 죽으라는 말을 전하려는 것도 아니다.

무조건 살아 돌아오기만을 바랄 뿐이다.

옥평자는 이를 악물고 눈물을 머금으며 검을 휘두르는 운허를 보며 두 눈을 감았다.

운허는 소청검법을 익히고 그다음 바로 대청검법을 익혔다. 그 과정에서 운허는 무언가 이상함을 느꼈다. 분명 소청검법을 배운 것은 맞다.

운허는 소청검법의 기본적인 초식은 물론 각 초식에 담긴 의미와 변초를 모두 익혔다.

펼치라고 하면 이 자리에서 펼칠 수 있다.

그러나 그 수준이 높다고 할 수는 없었다.

엄연히 말하면 운허는 그저 외운 상태에 불과했다.

하나의 검법을 통달했다고 할 수는 없는 상태인 것이다.

"할아버지, 왜 그럴까요?"

운허는 며칠마다 한 번씩 자하신공을 가르치기 위해 오는 청송에게 물었다.

삭막한 은원각에 정을 둘 곳은 없다.

　그러나 청송에게만은 마음 편하게 이야기할 수 있었다.

　지금 운허에게는 청송과 함께하는 시간만이 유일한 마음의 휴식이었다.

　청송이 맨 처음 들렀을 때와 달리 이제는 예전처럼 건강한 안색을 보이고 있기에 더욱 그러했다.

　"그건 네가 완벽하게 익힐 필요가 없어서란다."

　"제가요? 왜요? 저 매영이잖아요."

　"매영이라서 그렇단다. 너는 칠 년 안에 정말로 화산의 모든 무공과 도가경전의 의미를 다 이해할 수 있을 것 같으냐? 정말로 고작 칠 년 만에 화산의 모든 것을 품을 수 있다고 여기는 것이냐?"

　"에? 그, 그건 아닌데요……."

　"그러니까 너에게 하나의 무공만 익히게 두지 않는 것이다."

　청송의 말에 운허는 알 수 없다는 표정을 지었다.

　"이해가 되지 않아요. 제가 모든 걸 이해하지 않고 달달 외워만 가면 된다는 건가요?"

　"단적으로 말하면 그렇단다. 너는 외우면 된다."

　"제 머리로요?"

　운허의 물음에 청송이 헛기침을 터뜨렸다.

　"크흠, 그러게 말이다. 그게 문제구나."

　"그러니까요. 그 많은 것을 어떻게 다 외우냐구요."

　"간단하게 보면 된단다. 화산에 몇 개의 내공심법이 있을 것 같으냐?"

"몰라요."

운허는 고개를 저었다.

"그러나 너는 다른 내공심법을 배우지 않고 자하신공만을 배우고 있다. 왜 그럴 것 같으냐?"

"으음. 가장 어려워서요?"

"그게 정답이다. 가장 어려운 것을 먼저 배우는 것이다."

"기초부터 쌓아야 하지 않아요?"

"넌 그럴 시간이 없잖니."

"아……."

문득 운허는 자신에게 남은 시간을 떠올렸다.

이제는 칠 년도 되지 않는 시간 안에 기초를 쌓을 수는 없다.

지금도 운허는 최소한의 수면 시간을 제외하면 모든 시간을 수련에 투자하는 실정이 아니던가.

"그래서 가장 상위의 무공을 배우는 것이란다. 자하신공은 말이다, 그 무공의 특성이나 이론은 사실 모든 화산의 내공심법을 총망라한 것이다."

"어? 그냥 짜깁기된 무공이었어요?"

"…좀 기분 나쁜 표현이구나."

"근데 맞지 않아요?"

"틀리다. 화산의 내공심법은 모두 자하신공에서 파생된 것이다. 워낙 자하신공이 익히기 어려웠기에 모든 이가 익힐 수 없어 변화를 주기 시작하면서 만들어진 것이지."

"그, 그러면 태극기공도 자하신공에서 나왔어요?"

"그렇단다. 실제로 태극기공의 움직임은 자하신공의 일부분이지."

"그러면 저는 자하신공만 익히는 건가요?"

"그래. 너는 자하신공만 익히면 된다. 나머지 심법은 오로지 이론으로만 알면 되지. 다른 것도 마찬가지다. 대청검법이야 바로 익히기 어려워서 소청검법을 익힌 것뿐이다. 너는 상위의 무공만을 익히고 나머지 무공은 오로지 이론으로만 익힐 것이다."

청송의 말에 운허는 입을 다물지 못했다. 한참이나 멍하니 있다가 불만스러운 표정을 지었다.

"그러면 이때까지 속고만 있었네요."

"굳이 따지면 그렇게 되더구나. 그러나 알고 있다고 해도 아무나 너처럼 익힐 수는 없단다."

청송은 그렇게 말하며 운허의 손을 잡았다.

갑자기 손을 잡아오자 깜짝 놀란 운허는 청송의 두 눈을 보았다.

"꼭 해내야 한다."

청송의 그 말에 운허는 미소를 지었다.

"그럼요. 제가 누군데요."

第七章
칠년연공(七年研功)

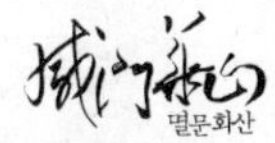

달이 차오르고 사라지기를 몇 번이나 보았던가.

새싹이 돋고 낙엽이 지고 겨울이 오기가 몇 번이던가.

약속된 칠 년이 되었다.

은원각에는 운허만이 있었다.

평소 그의 곁에 붙어서 가르치고 일거수일투족을 감시하던 장로들은 아무도 은원각에 없었다.

서로 아무 말도 하지 않는 사이였다.

그러나 그들조차 없자 운허는 쓸쓸함을 느꼈다.

홀로 갖는 시간이 생기자 은원각의 내부가 눈에 들어왔다.

은원각은 처음 들어왔을 때와 같았다. 여기저기 구멍이 나 있으며 벽에 쳐진 거미줄은 그대로였다.

발을 내디딜 때마다 비명을 지르는 바닥 또한 같았다.

왜 이곳조차 이렇게 소중하게 느껴지는 것일까.

"오늘이 그날이구나."

정말로 칠 년이 흐를까.

운허는 제발 그렇게 되지 않기를 바랐다.

암화주가 제발 자신에 대해 잊어주기를 바랐다.

그러나 암화주는 매해 운허가 매영이 되기로 한 그날마다 한 번씩 흑영을 보내어 그의 상태를 확인했다.

그때마다 흑영은 운허의 부족한 점을 지적했다.

그러면 그 다음날부터 그 부분에 대한 집중 훈련에 들어갔다.

그래서 운허는 이렇게 칠 년 동안 죽을 날을 기다리며 힘을 키울 수 있었다.

"정말 미쳤어."

우스운 일이었다.

창문에서 보이는 밤하늘을 보며 더욱 그러했다.

보름달은 아름다웠다.

구름은 투명했으며 불어오는 바람은 시원했다.

왜 오늘에서야 다시 이것을 느끼는 것일까.

차라리 아무것도 느끼지 않았으면 더 좋지 않았을까.

"나도 참 욕심이 많네."

운허는 자신의 몸을 바라보았다.

칠 년 만에 갖는 여유에 몸은 예전의 감각이 되살아나고 있었다.

이 조용한 분위기에 마음이 설레었다.

그러나 옆에 있어야 할 사람이 없었다.

언제나 시끄럽게 떠들면 조용히 뒤에서 봐주던 단 한 사람
이 없었다.

"사부님은 이제 괜찮으실까."

보고 싶다.

그와 함께 화산을 떠나고 싶었다.

그때 말했던 것처럼 이곳저곳을 떠돌고 싶었다. 맛좋은 음
식과 절경을 보며 즐기고 싶었다.

약속대로 도사 따위는 그만두고 평범하게 살고 싶었다.

그래서 그를 아버지라 부르고 싶었다.

그의 아들이 되고 싶었다.

그러나 그것은 이루어질 수 없는 꿈이었다.

그저 욕심일 뿐이었다.

"오랜만이다, 아이야."

들려오는 목소리에 운허는 조용히 고개를 돌렸다.

어느새 그가 있는 곳으로 암화주가 나타나 있었다. 그리고
그의 뒤에는 흑영이 말없이 서 있었다.

운허는 암화주를 보며 가슴이 막막해지는 것을 느꼈다.

암화주는 칠 년 전과 변함이 없었다.

그는 여전히 사람 좋아 보이는 미소를 짓고 있었다.

그 미소가 너무나 무서웠다.

사질들을 죽이고 명현도 죽이려 했던 그때도 그랬다.

명현의 몸에서 뿜어진 피를 뒤집어쓴 그의 미소는 잊을 수 없었다.

아직 운허에게는 그때의 기억이 선명했다.

그를 마주하는 것조차 버거웠다.

그러나 운허는 최대한 그것을 감추려 노력했다.

암화주에게 약한 모습을 보이고 싶은 마음은 추호도 없었다.

"그러게요. 웬일로 흑영과 함께 왔네요."

"흑영에게 들은 것보다 더 좋아 보이네. 마음에 드는구나."

"그래요? 열심히 수련한 보람은 있군요. 지금 당장 가면 되나요?"

"아니. 칠 일 후로 하자꾸나."

"어째서죠?"

"그래야 네가 더 괴로울 테니까."

암화주는 알 수 없는 말을 하며 사라졌다.

운허는 그가 사라지고 나자 털썩 주저앉았다. 그저 몇 마디 대화를 나눈 것뿐인데 다리가 후들거렸다.

"칠 일 뒤……."

그는 그 칠 일을 곱씹었다.

칠 년 동안의 세월보다 더 괴로운 칠 일이 되지 않을까 하는 걱정이 들었다.

그날을 위해 칠 년을 버텨왔다.

겨우 칠 일이다.

운허는 아무렇지 않게 그 칠 일을 보낼 생각이다. 그저 평소처럼 연무장에서 장로들의 지도를 받으며 무공을 익힐 생각뿐이다.

그런데 장로들의 반응이 달라져 있었다.

하루아침에 그들은 운허의 모든 행동에 관여를 하지 않았다. 오히려 운허를 피해 다녔다.

"그놈이 말했구나."

운허는 직감적으로 깨달았다.

어쩌면 암화주의 악취미가 그것일지도 몰랐다.

그는 칠 일 동안 자신이 괴로워하기를 바라는 것 같았다.

그게 이해가 되지 않았다.

"암화의 목적은 매화진경이 아닌가?"

왜 자신을 흔들어놓으려는 것일까.

암화가 매영을 선별한다는 것은 곧 그들의 목적 또한 매화진경이라고 봐야 한다.

그런데 왜 화산보다 강한 그들은 가만히 지켜만 볼까.

그들의 강함을 왜 자신에게 가르치지 않는 것일까.

"왜지? 도대체 이유가 뭐지?"

운허는 생각할 시간이 필요했다.

은원각에 있는 것조차 이제는 불편해져 버렸다.

그래서 그날 은원각을 나왔다.

운허는 일단 근처의 적당한 동굴을 찾아 그곳으로 숨어들어 갔다.

장로들도 굳이 그를 찾지 않았다.

칠 년 동안 운허가 어떤 각오로 지냈는지 그들도 알고 있다.

그들은 운허가 도망가지 않을 것이라 믿고 있었다.

'그들의 목적은 뭘까.'

운허는 생각에 잠겼다.

그러나 아무리 생각해도 마땅한 답이 나오지 않았다. 오히려 하루하루 지날 때마다 괜히 초조해져 왔다.

운허는 답답해진 머리를 식히고자 명상을 시작했다.

그러나 머릿속에서 자꾸 옛 추억이 떠올랐다.

양친을 잃고 명현을 만나 화산에 올랐다. 제자로 받아주지 않아 떼를 쓰기도 했다. 워낙 둔하여 배우는 것이 느렸다. 그래도 행복했다.

화산이라는 집이 생기고 사형제라는 가족이 생겼다.

친할아버지와 같은 청송이, 동네 형 같은 명종이, 그리고 기억조차 나지 않는 부모와 같은 사부 명현이 있었다.

그러나 그 행복은 그게 끝이었다.

암화가 나타나고 사질들이 죽었다. 그의 욕심으로 명현마저 죽음의 위기에 처했었다.

그 순간이 다시 떠올랐다.

피를 뿜으며 혼절한 명현과 웃고 있는 암화주.

그의 발에 매달려 울부짖던 나약했던 자신.

운허는 자연스레 명상을 포기했다.

온몸에 식은땀이 흘렀다.

계속했다가는 주화입마라도 올 것만 같았다.

그때 동굴로 명종이 들어왔다.

그의 양손에는 술병이 들려 있었다.

칠 년 만의 재회였지만 마치 어제 본 사람을 또 만나는 것 같은 친근함이 들었다.

명종은 손에 든 술병을 흔들었다.

"여어, 사질."

"어서 오세요, 큰아저씨."

"큰아저씨? 인마, 대사백이란 호칭은 어디다 팔아먹었냐?"

"저 편한 대로 부를래요."

"네 마음대로 해라. 자, 술이다. 마셔."

명종이 술병 하나를 건네자 운허는 손을 내저었다.

"안 돼요. 술은 어른한테 배우는 거잖아요."

"그러니까 내가 주는 거 아냐."

"어른한테 배워야 한다니까요?"

"얼씨구. 아주 간이 단단히 부었구나. 자하신공 배우니 내가 만만해 보이냐?"

망할 녀석이라며 욕지거리를 덧붙인 명종은 그대로 술을 들이켰다.

운허가 입맛을 다셨다.

"안주는 없어요? 저 배고픈데 그거라도 주세요."

"웃기고 있네. 술도 안 마시는 놈한테 내가 왜 안주를 줘?"

"우와! 겨우 술 때문에 사랑하는 사질한테 안주도 안 주실 건가요?"

"사랑은 개뿔이. 이미 다 큰 놈한테 뭘 더 해줘."

명종의 말에 운허가 배시시 웃었다.

"헤헤헤, 저 키 많이 컸죠? 운광 사형보다 확실히 더 큰 것 같아요. 저 보면 배 아파할 거예요."

"그 땅꼬마야 평생 그렇게 살아야지. 키는 타고나는 거라니까."

"아닌데. 대사백님이 몰래 보관하던 야한 책을 맨날 보다가 키가 더 이상 자라지 않았다고 했는데요."

"젠장. 내가 제자를 키운 것이 아니라 도둑놈을 키웠구만."

"그 도둑놈은 분명 대사백님이 장문 할아버지 물건 뒤지는 것 보고 배웠을 거예요."

"크흠, 술이 쓰네."

명종은 다시 술을 벌컥벌컥 들이마셨다.

운허는 그에게 손을 내밀었다.

"그러니까 어서 품에 감춘 안주 좀 주세요. 배고파요."

"너는 칠 년 동안 후각만 키웠냐?"

"육식도 많이 했어요. 몸 키워야 했거든요. 돼지고기 냄새가 저를 감동시키고 있어요. 빨리 꺼내세요."

"어쭈? 그러다 내 몸이라도 뒤지겠다? 너 만지라고 내가 이때까지 독수공방한 줄 알아?"

“저라도 만져주니까 다행으로 여기세요.”

“에잇, 더러운 놈. 손 치워! 주면 되잖아!”

명종은 자신을 더듬거리는 운허의 손을 뿌리치고는 품에서 곱게 싼 음식을 내놓았다.

운허의 말대로 기름진 고기였다.

그걸 본 운허는 입맛을 다셨다.

“잘 먹을게요.”

“천천히 조금만 먹어, 이 식충아.”

“귓등으로만 들을게요.”

거리낌 없이 고기를 집어먹는 운허를 보는 명종의 표정이 묘했다.

“왜 그러세요? 칠 년 만에 보니까 좀 잘생겨졌죠?”

“그래, 참 잘도 생겼구나. 눈 두 개에 콧구멍도 두 개. 참 잘 나왔네.”

“어감이 이상한데요?”

“내가 언제는 멀쩡했니.”

“그건 그렇죠.”

잠시 서먹한 분위기가 흘렀다.

“이대로 그냥 갈 거냐?”

어느새 술 한 병을 다 비운 명종이 물었다.

운허는 답을 하지 못하고 그저 고개를 저을 뿐이다.

명종이 말을 이었다.

“다들 보고 싶다더라.”

"…저도 보고 싶어요."

"그러면 보자. 다들 하고 싶은 말이 있다더라."

"안 돼요. 저 보면 다들 힘들어할 거예요."

우울한 얼굴로 운허가 답했다.

매영이 되어 매화비총에 들어가기까지 누군가의 눈에도 뜨이고 싶지 않았다.

명종이 이렇게 찾아온 것도 뜻밖의 일이다.

평생 못 볼 줄 알았던 사람을 보니 기분이 좋았다.

예전처럼 건방지게 굴어도 웃어넘겨 주는 대사백은 분명히 좋은 사람이었다.

하지만 그뿐이다.

차마 다른 이들을 찾아갈 수 없었다.

사부인 명현의 그림자라도 마주칠까 봐 두렵다.

그들과 마주친다면 후회할 것이 분명했다. 그토록 소중한 사람들에게서 떠나야만 한다는 사실을 아직도 견딜 수 없었다.

그게 두려워 그들을 볼 수 없었다.

"네가 가장 잘 알고 있잖아. 너 영영 못 나올 수 있다."

"……."

"이번이 네가 기억하고 있는 사람들을 볼 수 있는 마지막 기회일 수 있어. 가서 보고 와라. 정말로 떠나기 전에."

"죄송해요. 못 가겠어요."

"네놈은 끝까지 남들 가슴에 대못을 박는구나."

명종은 결국 자리에서 일어났다.

"그러게요. 저 참 나쁜 놈인가 봐요."

그가 사라지고 운허는 작게 중얼거렸다.

칠 일. 괴로운 시간이었다.

운허는 결국 답을 찾을 수 없었다.

명종이 다녀간 후 가슴이 답답해 제대로 된 생각을 할 수 없었다.

결국 매화비총에 들어가야 하는 날이 되자 새벽녘이 밝기도 전에 은원각으로 돌아왔다.

잠깐 눈이라도 붙일까 싶어 눈을 감자 방문이 열렸다.

문을 열고 들어온 것은 청송이다.

그는 애써 담담한 표정을 짓고 있었지만 손끝과 눈동자는 떨리고 있었다.

"좋은 새벽이에요, 할아버지."

운허는 몸을 일으켰다.

청송은 습관적으로 수염을 쓰다듬었다.

"그래, 그가 기다리고 있다는구나."

"헤헤헤, 할아버지가 오지 않으셔도 되는데."

"그럴 수 없다는 것 잘 알지 않니."

"저 준비되었으니까 가요."

"조금만 더 있다가 가도 된다."

"아니요. 지금 가요."

그래야 한다.

도사들은 새벽에 일어나 일찍 수련을 시작한다.

그래서 조금만 더 늦게 갔다간 누군가와 마주칠 수도 있었다.

그러니 일찍 갈 것이 아니라면 늦은 밤에 움직여야 했다.

그래야 운허는 편안히 갈 수 있을 것 같았다.

"그래, 가자꾸나."

의외로 청송은 순순히 그걸 허락했다.

운허는 조금 놀랐다.

사실 청송은 자하신공을 가르치는 동안 몇 번이고 은원각을 나오라고 말했다. 후회하기 전에 다른 사람들과 만나라고 말해주었다.

고맙지만 따를 수 없었다.

서로 다시 만나게 됨으로써 그를 마주하는 이들이 괴로울 것은 분명한 일이다.

그런데 왜 만나라고 하는 것인가.

운허가 거부할 때마다 청송은 화를 내고는 했다.

그리고는 며칠이 지난 다음에야 다시 찾아와 자하신공을 가르쳤다.

그랬기에 무어라 화를 낼 줄 알았는데.

'지치신 거겠지.'

분명 그럴 것이다.

혈육처럼 아끼던 사손이 평생 무덤에 갇히게 생겼지 않은가.

"…왜 이 길로 가요?"

은원각을 나와 흑영과 약속한 곳으로 가던 운허가 의심스러운 목소리로 물었다.

인적이 드문 곳으로 가고 있는 것은 맞다.

그러나 지금 이 방향은 빙 돌아가는 길이다.

"널 빨리 보낼 수 없어서 그런 것이다."

청송은 뒤도 돌아보지 않은 채로 앞장서서 걸었다.

운허의 눈에 비친 그 뒷모습은 너무나 작고 처량해 보였다. 그랬기에 말없이 뒤를 따랐다.

한참을 그렇게 걸어갈 때다.

"어……?"

발끝에 매화 잎이 하나 떨어졌다.

주변에는 소나무뿐인데 어떻게 매화 잎이 떨어지는 것인가.

반사적으로 고개를 올렸다.

만천화우(滿天花雨).

하늘을 가득 채운 꽃이 비처럼 떨어지고 있었다.

꽃비는 눈부시게 아름다웠다.

얼굴 위에 닿은 부드러운 꽃잎에서 아름다운 향이 풍겼다.

운허는 나무 위에 올라타 매화를 뿌리는 사람들을 볼 수 있었다.

운자배의 사형제들이다.

그들은 운허와 눈을 마주치자 환한 미소를 지었다.

운허는 그들 하나하나에게 고개를 숙였다. 쉴 새 없이 내리는 꽃비가 눈물을 감추어주었다.

"어이, 막내! 꼭 돌아와야 한다?"

"그깟 무덤, 금방 뚫고 나와. 기다릴게!"

"빨리 안 오면 굶길 거다!"

꽃비와 함께 그들의 거친 음성이 들렸다.

"사형들, 저 다녀올게요."

운허는 눈물을 닦으며 걸어 나갔다.

꽃비가 그치고 멀어지는 막내 사제를 보며 운자배의 이들도 그제야 눈물을 흘렸다.

보내기 싫었다. 보낼 수 없었다.

이럴 수는 없는 것이다.

그러나 저 어린 사제가 택한 일이다.

그들의 힘으로 막을 수 없는 일이다.

저렇게 떠나기 전에 더 좋은 추억을 만들었으면 좋으련만.

그들이 할 수 있는 것은 떠나는 길을 마중 나와 주는 것밖에 없었다.

운허는 소나무가 드리워진 숲을 지나 계곡에 도착했다.

명자배의 어른들이 삼삼오오 모여 이야기를 나누고 있었다. 어떤 이는 술을 마셨으며 어떤 이는 조용히 차를 마시고 있었다.

그들은 운허를 보며 손을 흔들었다.

그 어떤 말도 하지 않으며 조용히 손만 흔들 뿐이다.

그들의 미소를 보자 억장이 무너지는 것 같았다.

"왜, 왜 이러세요. 저한테 왜 이래요……."

그들 사이를 지나가며 운허는 말조차 제대로 잇지 못했다. 가슴속에서 터져 나오는 격정을 도저히 참을 수가 없었다.

자꾸만 눈물이 흐른다.

그래서 앞이 보이지 않았다.

비틀비틀 걷다 나무에 머리가 부딪쳤다.

주변에서 웃음소리가 터져 나왔다.

그에 운허도 눈물을 닦으며 환하게 웃었다. 주변의 웃음소리가 그의 입가에도 번진 것이다.

"사질, 울다가 웃으면 털 나는 것 알지?"

"저 나이면 이미 났을 나이 아닌가?"

"다녀오면 확인합시다. 그때는 아주 풍성하겠지?"

그들의 다소 짓궂은 농에도 미소가 번져 나왔다.

예전이면 왜 놀리느냐고 투덜거렸겠지만, 지금은 도저히 그렇게 할 수 없었다.

다시 만나자고, 그러니 포기하지 말라고,

우리는 너를 기다리고 있다고,

그들의 그러한 눈빛을, 그 의미를 모를 리가 없다.

"감사합니다. 정말로 고맙습니다. 정말로요. 정말로……."

생전 처음 본 고아를 가족처럼 대해주서서, 그리고 홀로 도망치듯 떠나는 저에게 이토록 큰 용기를 주서서.

운허는 억지로 미소를 지었다.

두 다리는 부들부들 떨렸지만 꿋꿋하게 앞으로 걸어 나갔다.

자꾸 눈물은 흐르는데 웃기 시작하니 목이 점점 메어왔다.

그다음에는 청자배와 옥자배의 장로들이 보였다.

청자배는 평소 갈고닦아 온 무공을 펼쳤으며, 운자배는 도가 경전을 낭독했다.

그들이 전해주는 마지막 가르침이다.

운허는 그 하나하나를 가슴속에 새겼다. 머릿속에 담기에는 너무나 무거웠다.

점점 가슴이 따스해졌다.

이제는 눈물이 아니라 콧물이 흘렀다.

"어이구, 여기 코찔찔이 지나간다!"

짓궂은 목소리로 누군가가 소리쳤다.

은원각에서 그를 가장 엄하게 대했던 옥평자다.

운허는 환하게 웃었다. 가장 가까이서 그를 지켜보아 주던 이들이다.

보여주자.

화산에 있었기에 이토록 강해졌음을.

꼭 돌아올 것이라는 것을.

"할아버지들, 저 금방 다녀올게요."

운허의 말에 그들은 고개를 끄덕였다. 환한 미소를 지으며 운허의 사라지는 뒷모습을 보았다.

그 누구도 자리에서 일어날 수 없었다.

그들은 흐르는 눈물을 조용히 훔칠 뿐이었다.

어느덧 암화주가 기다리고 있을 장소가 다가왔다.

"고마워요, 할아버지."

운허는 시뻘게진 눈을 비비며 말했다.

"흥. 방금 전 영감탱이들도 할아버지더니 나도 그냥 할아버지냐?"

청송이 불만스럽다는 듯 투덜거렸다.

운허는 배시시 웃었다.

"아니죠. 우리 장문 할아버지는 저한테 친할아버지 같은 걸요."

"크흠. 녀석, 빈말하기는."

"어? 빈말이라뇨. 정말 그렇게 생각하시는 거예요?"

"모른다, 이놈아!"

운허의 말에 청송은 고개를 홱 돌렸다. 살며시 떨리는 어깨와 함께 떨어지는 눈물 한 방울이 보였다.

"에이, 왜 이러세요. 금방 돌아올 건데."

"…정말 빨리 와야 한다."

"그럼요. 당연히 그래야죠."

운허는 청송을 뒤에서 껴안았다.

처음 볼 때 태산처럼 느껴졌던 그도 이처럼 작게 느껴질 정도로 자신은 성장했다.

운허는 그 사실에 뿌듯했다.

"은원각에서 약속했잖아요. 해낼게요."

아무런 답도 하지 못하는 청송을 등지고 운허는 다시 길을 재촉했다.

눈앞의 언덕만 넘으면 암화주와 흑영이 있을 것이다.

처음 무거웠던 발걸음은 점점 가벼워졌다.

칠 년 동안의 불안감이 사라지기 시작했다. 울면서 왔기에 퉁퉁 부어 있는 두 눈은 침착하게 가라앉아 있었다.

그러다 운허의 발걸음이 멈추어 버렸다.

온몸이 바들바들 떨려왔다.

운허의 시선은 언덕의 맨 위에 고정되어 있었다.

누군가가 서 있었다.

등을 돌리고 서 있는 그 뒷모습이 너무나 익숙했다. 그리고 너무나 낯설었다.

한 발, 한 발.

운허는 천천히 걸음을 옮겼다.

그다. 그토록 꿈에서 그리던 그였다.

"사부님……."

운허는 그토록 그리웠던 그 단어를 입에서 꺼내었다.

뒤를 돌아보던 명현의 고개가 돌려졌다.

"왔구나."

명현의 음성은 언제나처럼 부드러웠다.

그러나 운허는 그의 모습을 보며 눈물을 참을 수 없었다.

명현은 왼쪽 눈에 안대를 하고 있었다. 안대로도 가리지 못한 이마에서 입술까지 길게 내려온 흉터는 미소를 짓자 흉물스러워 보였다.

바람이 불며 비어 있는 명현의 오른쪽 팔이 펄럭거렸다.

그걸 본 운허는 참지 못하고 울음을 터뜨렸다.

명현은 오른쪽 팔이 없었다.

운허의 손은 그 사라진 팔의 흔적을 더듬었다. 너무나 깨끗하게 도려내어진 상처에 두 눈이 타들어갈 것만 같았다.

"왜, 왜……."

"내가 부족했구나. 너를 구하려고 했는데."

칠 년 동안 흑영에게 결투를 신청한 결과이다.

첫 해에 오른팔을 베였다.

삼 년 뒤에는 왼쪽 눈을 잃고 말았다.

흑영은 옥양자를 죽이고 청송마저 무릎 꿇게 만든 존재이다.

그에게 명현은 모자랐다.

화산도 모르는 파훼법을 아는 그를 도저히 이길 방도가 없었다.

그래서 화산의 무공을 버리려고 했었다.

하지만 버릴 수 없었다.

그가 있는 곳은 화산이었다. 그리고 그는 화산의 도사였다.

일평생 정진한 화산의 무공은 이미 뼈에까지 새겨져 있었다. 뒤늦게 다른 무공을 접하기에는 시간도 부족했다.

싸우면 진다.

죽을 수도 있다.

그러나 명현은 싸웠다.

사실 둘의 무위를 생각하면 살아 있는 것조차 기적이라고 해야 했다.

명현은 운허의 모습을 눈에 담았다.

그의 어린 제자는 어느새 어엿한 소년이 되어 있었다.

키도 크고 몸에도 제법 근육이 붙었다. 아직 앳된 모습이 남아 있지만 남자다운 느낌이 물씬 풍겼다.

그의 하나밖에 남지 않은 손이 운허의 얼굴을 쓰다듬었다.

"잘 자라주었구나. 정말로……."

"사부님의 제자인 걸요. 이제 찬장의 물건 꺼내주지 않으셔도 돼요."

"그래, 이토록 건강하니 얼마나 좋은지 모르겠다."

서로를 향해 의례적인 말이 오가다 침묵이 이어졌다.

"미안하구나. 나 때문에."

불쑥 명현이 말을 꺼냈다.

운허는 차오르는 울음을 삼켰다.

저 말은 그의 사부가 할 말이 아니었다. 오히려 자신이 할 말이다.

눈을 잃고 팔을 잃었다.

무인에게 그건 죽은 것과 다르지 않다.

그런데도 그는 여전히 예전과 같은 따스한 미소를 짓고 있었다.

운허는 가슴이 무너져 내릴 것처럼 아파왔다.

'그래서 명종 대사백께서…….'

왜 전날 명종이 불쑥 찾아왔을까.

왜 남들 가슴에 대못을 박는다고 했을까.

차마 명현이 이렇게 되었다고 말을 못했기에 돌려 말한 것이다.

왜 눈치채지 못했을까.

왜 명현에 대한 소식을 물어보지 않았을까.

'이 못난이. 겁쟁이. 뭐가 두려워. 뭐가 두려웠는데!'

운허는 자신을 질책했다.

사부인 명현을 지키기 위해서, 그리고 화산을 위해서였지 않은가.

그런데 그들에게서 멀어지려고 했나.

그토록 지키고자 하는 이들을 보려고 하지 않았다.

명현의 왼손이 운허의 어깨에 얹어졌다.

그 따스한 온기에 운허는 굳게 세운 마음이 무너지는 것만 같았다.

"운허야, 내 부탁 두 가지만 들어주지 않겠니?"

"…하명하세요."

"꼭 돌아와라."

"예. 반드시 올게요. 사부님 곁으로요."

운허는 고개를 끄덕였다.

명현은 하나밖에 없는 손으로 하나밖에 없는 눈에서 흐르는 눈물을 닦아냈다.

그는 몇 번이고 주저하다 힘겹게 말을 꺼냈다.

"다시는 나를 사부라고 부르지 말아다오. 이제는 아버지라
는 말을 듣고 싶구나."

"아……!"

그 말에 운허의 눈에도 눈물이 흐르기 시작했다.

운허는 참지 못하고 명현을 껴안았다. 그토록 커다랬던 그
의 품은 어느새 작아져 있었다.

그러나 여전히 따스했다. 그리고 포근했다.

당신이 나의 아버지라는 말을 차마 먼저 꺼낼 수 없었다.

"그러지 마세요. 저 같은 건 그럴 자격이 없어요."

"나는 사부님을 여의고 사람을 믿지 못했단다. 같은 사문의
이들도 나에게는 적이었어. 그러나 너를 만나고 나는 다시 사
람을 믿게 되었다. 무인이 아니라 도사로서. 그리고 무엇보다
든든한 아들을 둔 아버지가 될 수 있었단다."

"저, 저는……."

"아니면 내가 너에게 부족한 것이더냐?"

명현의 중얼거림에 운허는 고개를 저었다.

"아뇨. 아버지가 있어서 저는 여기까지 올 수 있었어요. 저
는 당신에게서 사람을 배웠고, 당신에게서 도를 깨달았습니
다. 그러니 그런 말 하지 마세요. 더 이상 아파하지 마세요. 돌
아올 테니까. 그럴 테니까 제발……."

운허는 말을 끝맺을 수 없었다.

　명현은 다시 볼 수 없을 것만 같은 행복한 미소를 짓고 있었다. 운허가 꺼낸 아버지라는 단어가 가슴을 울렸다.

　"가거라. 네가 더 빨리 돌아올 수 있게. 어서 가거라."

　그는 운허를 품에서 밀어내었다.

　그러다 흐르는 눈물을 참지 못하고 고개를 돌려 버렸다. 조금만 더 같이 있다가는 영원히 보낼 수 없을 것만 같았다. 등을 돌린 그의 어깨가 떨려 왔다. 굳게 다물어진 입에서는 점차 흐느낌이 새어 나왔다.

　"다녀오겠습니다. 꼭요."

　운허는 그의 등을 보며 다짐했다.

＊　　　＊　　　＊

　암화주와 흑영은 약속된 장소에서 기다리고 있었다.

　"쓸데없네."

　암화주는 운허를 보자 대뜸 그렇게 말했다.

　그러나 운허는 아무런 말도 하지 않았다. 그 어떤 말도 들리지 않았다.

　너무나 행복했다.

　그러다 보니 자꾸 가슴이 요동쳤다.

　"이제 너는 잠에 들 거야. 그리고 눈을 뜨면 그곳이지. 흑영?"

　암화주의 손짓에 흑영은 품에서 작은 약병을 꺼냈다.

운허는 건네받은 약병을 들이켰다. 달콤한 꿀 같은 검은색 액체가 목으로 넘어가자 숨이 턱 막히기 시작했다.

"네가 죽으면 화산은 살 것이다. 그러나 네가 살아남는다면……."

힘을 잃고 서서히 의식을 잃어가는 운허의 귓가로 암화주의 목소리가 맴돌았다.

第八章
매화비총(梅花秘塚)

차가운 바닥에서 천천히 몸을 일으켰다.

얼마나 잠들어 있었는지는 모른다. 사방이 어두워 시간을 알 방도는 없었다.

"여기가 매화비총이구나."

의식을 잃기 전 눈을 뜨면 매화비총일 것이라는 암화주의 말이 기억났다.

막상 도착하니 운허는 허망한 기분을 숨길 수 없었다.

이곳이 그의 모든 것을 걸어야 할 곳이다.

이 앞에는 무엇이 있을까. 혹시 함정 같은 것이 존재하지 않을까. 발을 내딛는 순간 땅이 꺼지거나 칼날이 쏟아지는 것은 아닐까.

온갖 망상이 머릿속에 차오른다.

그러나 운허는 떠나오며 보았던 사문의 이들을 떠올렸다.

그들을 생각하자 정신이 번쩍 들었다.

"얼마나 넓은 거야."

중얼거리자 목소리가 울린다.

역시나 밀폐된 공간이라는 확신이 들었다.

뻣뻣하게 굳은 몸을 풀기 위해 자리에서 일어나자 발끝에 무엇인가가 걸렸다.

운허는 그것을 조심히 들어 올렸다.

촉감으로는 가죽 주머니였는데 주먹보다 큰 무언가가 들어 있었다.

"먹을 거면 좋겠는데."

운허는 약간의 기대감과 함께 끈을 풀었다.

가죽 주머니 안에서 녹색 빛이 새어 나오기 시작했다.

"뭐, 뭐지? 야명주?"

강호의 기물 중 야명주라는 것이 있다.

어두운 동굴 속에서도 스스로 빛이 나는 이 기물은 같은 무게의 황금보다 열 배 이상의 가치가 있다고 알려져 있다. 그러나 원하는 사람은 많아도 구할 방법이 없었기에 부르는 대로 값이 매겨지는 것이 보통이었다.

제아무리 화산파라고 하여도 일개 도사에 지나지 않은 운허가 지닐 기물은 아닌 것이다.

"그들이 나와 함께 넣은 걸까?"

없던 물건이 갑자기 생겨났을 리가 없다.

암화주와 흑영이 그를 이곳에 집어넣을 때 챙겨준 것일 수도 있다.

그게 아니면 전대 매영이 쓰다가 남긴 것일 수 있다.

하지만 그런 것이 얼마나 중요하겠는가. 아무리 야명주가 비싸다고 하여도 목숨만은 아니었다.

운허는 벽에 야명주를 바짝 붙였다.

몇 년이나 이곳에서 살아야 할지 모르기에 최대한 이곳의 환경을 빨리 파악해야 했다.

벽에는 물기도 없이 메말라 있었고 이끼가 있는 자국도 오래되었다. 습기가 심하지 않고 통풍이 잘되고 있다는 것을 알 수 있었다.

운허는 벽이 얼마나 단단한지 두드려 보았다. 내력을 쓰지 않으면 부서질 것 같지는 않았다. 적어도 잠을 자는 도중에 천장이 무너져 내리는 일은 없을 듯 보였다.

"일단 주변을 둘러볼까."

그래도 야명주가 있으니 맹인 신세는 면했다.

그러나 그 하나에 의지에 걸어가는 것은 무척이나 불편한 일이었다.

야명주를 들지 않은 손은 여전히 벽을 짚고 걸어갔다.

"어? 뭐지?"

그때 손끝에 벽에 파여진 홈이 걸렸다.

그 홈이 너무나 매끄러워 기이하게 여긴 운허가 야명주를 벽에다 비추었다.

"도대체 뭘 새긴 거야."

구렁이 수십 마리가 똬리를 튼 것 같은 형상이다.

그게 벽면 가득히 새겨져 있으니 무언가 대단한 것 같으면서도 아무것도 아닌 것 같은 느낌이 들었다.

그는 그 형상들을 지표 삼아 앞으로 걸어갔다. 다행히 통로는 넓었으며 바닥은 제법 깨끗한 편이었다. 한참을 걸어갈 무렵에 희미한 빛이 보이기 시작했다.

작은 호수 위로 천장에 구멍이 뚫려 있었다.

그는 기대감 어린 시선으로 천장의 구멍을 살폈다.

구멍은 제법 넓었다.

천장이 낮으니 별 무리 없이 위로 올라갈 수 있을 듯싶었다.

운허는 생각난 김에 구멍 위로 올라갔다. 한껏 공기를 들이마시자 밖의 시원한 공기가 몸 안으로 들어왔다.

그러다 머리 위를 본 운허는 그대로 굳어버렸다.

주변으로 깎아지른 절벽이 높게 솟아 있었다.

어찌나 높던지 구름에 가려 그 끝이 보이지 않았다.

만약 이곳을 나가려면 저 절벽을 올라가야 하는 걸까.

갑자기 소름이 돋았다. 저토록 높은 곳에 올라가는 것은 당최 엄두가 나지 않았다.

"나를 어디서부터 들여보낸 거지?"

문득 그런 궁금증이 들었다.

처음 정신을 차린 곳으로 돌아가면 나갈 방도가 있지 않을까.

"아냐. 쉽게 나올 곳이면 누구나 들어왔겠지."

매영 중에 기재가 아닌 이는 없었다.

만약 제대로 된 탈출구가 있었다면 그들 중 하나는 분명 도망갔을 것이다. 그렇게 되었다면 매화비총에 오게 될 일도 없었을 것이다.

"진짜 큰일이네."

매화진경을 찾기는커녕 여기서 도망치고만 싶어졌다.

운허는 호수에서 목을 축이고 주변에 낀 이끼를 뜯어 입가심을 하곤 더 깊숙이 들어갔다.

[어서 오거라. 늦었구나.]

머릿속에서 전음이 들렸다.

"귀, 귀신인가요?"

운허는 자신도 모르게 되물었다.

매화비총은 당대에 한 명만 들어오는 곳이다. 그러니 다른 누군가가 있을 수는 없었다.

[아니란다. 그대로 걸어 오거라, 어린 매영아.]

웃음기 섞인 목소리에 약간 긴장이 풀렸다.

운허는 숨을 고르며 걸음을 재촉했다. 만일의 사태에 대비해 자하신공을 끌어올린 상태다. 한참 걸어가자 발에 무언가가 걸렸다.

"뭐지?"

운허는 야광주를 아래로 내렸다.

발에 걸린 것을 확인한 운허는 그도 모르게 자리에 주저앉

왔다.

여러 개의 백골이 차례대로 뒹굴고 있었다.

누구의 것인지는 확인할 필요도 없었다.

다 삭아버린 천과 녹슬어 버린 철검은 모두 화산의 것이었으니까.

그들은 모두 전대의 매영이었다.

아무도 없는 곳에서 홀로 죽어 나간 것이다.

직접 그 결과물을 확인한 운허는 숨이 턱 막혀왔다.

주변을 둘러싼 어둠이 어깨를 짓눌렀다.

백골들 사이로 굴러간 야명주의 빛이 너무나 옅어 보였다.

자신 또한 먼저 숨을 거둔 저들처럼 되지 않을까. 정말 이곳에서 벗어날 수 있을까.

"나는… 나는……."

살아갈 수 있을까.

정말로 돌아갈 수 있을까.

이곳에서 멀쩡히 있을 수 있을까.

"이렇게는 안 될 거야."

반드시 나갈 것이다.

이곳에서 나갈 수 있다면 매화진경 같은 것은 얼마든지 포기할 수 있다.

그것에 목매어 여기에서 숨을 거두지는 않을 것이다.

"이거 보여주려고 부른 겁니까?"

운허는 불만 가득한 목소리로 말하고는 안으로 더 들어갔다.

어둠 속에 눈이 점점 익숙해져 전과는 달리 망설임이라고는 없는 거친 발걸음이었다.

그러다 다시 걸음을 멈추었다.

막다른 벽에 누군가가 가부좌를 튼 채로 있었다.

아니, 누군가라고 하는 것에 문제가 있었다.

삐쩍 마른 몸은 뼈가 앙상하고 살은 한 줌도 없었다. 옷은 다 찢어졌으며 숨을 쉬는 것조차 보이지 않았다.

사람이 아니라 사람이었다고 봐야 할 것이다.

목내이(木乃伊).

운허도 이야기로만 들은 그것이 저러할 것이다.

그 목내이의 감겨졌던 눈이 떠졌다.

야명주로 비추어진 두 눈은 흰자가 보이지 않았다. 그리고 그 입이 서서히 벌려졌다.

"왔구나, 아이야."

의외로 부드러운 음성이 들려왔다.

운허는 너무나 놀라서 그 자리에 얼어붙고 말았다.

"뭐야? 사, 살아 있어요?"

"그렇단다. 살아 있지."

"어, 언제부터 여기 있었어요?"

"글쎄다."

목내이는 알 수 없는 눈으로 운허를 보고 있었다.

그 생기가 없는 공허한 눈은 마치 시체의 것처럼 보였다.

"올해 몇 살이에요?"

“화산이 세워진 지 얼마나 지났느냐?”

“사, 삼백 년이 조금 넘었어요.”

“내 나이가 그러하겠구나.”

“……”

운허는 두 눈을 동그랗게 뜬 채로 목내이를 보았다.

말도 안 되는 일이다.

사람이 어떻게 삼백 년이 넘게 살 수 있단 말인가.

“그런데 아이야, 그 구슬 좀 치워주지 않겠니. 눈이 아프다만.”

목내이의 가는 손이 야명주를 가리켰다.

운허는 잠시 주저하더니 가죽 주머니 안에 야명주를 넣었다.

그러자 목내이의 대략적인 윤곽만이 눈에 들어왔다. 처음에는 코앞도 제대로 볼 수 없기에 불안했지만 차라리 목내이의 모습이 제대로 보이지 않아 더 편했다.

“이제야 좀 살 것 같구나. 매영아, 너의 이름이 무엇이더냐?”

“우, 운허요. 그런데 누구세요?”

“나는 매화진인이 거둔 칠성 중 하나인 요광(搖光) 유만이라고 한단다.”

매화진인이 처음 거둔 제자 일곱은 그 기량이 하나같이 뛰어나 칠성이라 불렸다.

요광은 그중 막내이지만 매화진인이 가장 아꼈다.

하루는 다른 제자들이 그것을 시기해 매화진인에게 물었다.

막내는 칠성 중 그 기량이 뛰어나지도 않았으며 인품이나 외모도 썩 빼어나지 않았기 때문이다.

"이 아이는 내가 죽고 그 무덤을 지킬 아이다. 죽어서도 나를 따를 아이를 내가 왜 싫어하겠느냐."

매화진인은 웃으며 그렇게 답했다고 한다.

세월이 흘러 매화진인의 등선 이후 칠성 중 요광의 행적만이 불분명했다.

후대에서는 요광이라는 인물 자체가 허구이거나 정말로 매화진인의 뒤를 따르기 위해 스스로 은거를 택했다는 설이 있었다.

그에 관련해서는 운허도 잘 알고 있었다.

매화비총을 처음 발견하고 그곳에 먼저 들어간 것이 바로 유만이라는 기록도 봤으니까.

하지만 그가 살아 있으리라는 생각은 하지 못했다.

그러나 유만이 정말로 삼백 년 동안 이곳에서 살아 있었다고 하면 어떻게 되는 것일까.

그 시간 동안 살아 있다면 저런 모습이지 않을까.

도대체 무엇이 그를 그 시간 동안 살 수 있게 했는가.

"매, 매화진경을 깨달으신 겁니까?"

운허는 혹시나 하여 물었다.

하늘이 사람에게 내려준 것 중 하나는 바로 수명이다. 간혹 어떤 이들은 백 년이 넘도록 살기는 한다. 그건 그 개인에게 따른 운과 자기 관리라 봐야 했다.

그러나 삼백 년은 인간에게 허용된 수명이 아니다.

이미 신선의 경지에 한 발 들여놓았다고 봐야 한다.

화산에서 그것을 가능하게 할 수 있는 것은 매화진경뿐이다.

유만이 매화진경을 얻었다면 불가능한 것은 아니다.

"내가 그것을 깨달았으면 나는 이곳에 있지 않았을 것이다. 등선을 이루어 이곳을 떠났겠지."

유만의 음성에서 진한 아쉬움이 느껴졌다.

그에게 무언가 사연이 있음을 짐작한 운허는 바짝 긴장하기 시작했다.

"하지만 이렇게 살아 계시지 않습니까."

"절반의 깨달음만을 익혔기 때문이다. 그 때문에 나는 이렇게 죽지도 살지도 못한 채로 있구나."

"매화진경이 그토록 어려운 것이었습니까?"

"너는 아무것도 모르고 있구나."

"무엇을 말입니까?"

"너는 이미 매화진경을 보고 왔다."

"…네?"

"그리고 그 손으로 만지고 왔지."

유만의 말을 운허는 이해할 수 없었다.

"하지만 아무것도 기록되어 있지 않았는걸요."

"곰곰이 생각해 보아라. 아무것도 모르겠다면 네가 왔던 곳까지 되돌아가보는 것도 방법이겠지."

"저, 하지만……."

"그만. 그 두 눈으로 보고 온 뒤에 다시 이야기하자꾸나."

그 뒤로 유만은 운허가 몇 번을 불러도 대답조차 하지 않았다.

운허는 다시 뒤로 걸음을 옮겼다.

처음 정신을 차린 곳부터 꼼꼼히 살펴볼 셈이다.

"반대쪽에도 똑같은데."

운허는 호수를 넘어오기 전에 살폈던 벽의 반대쪽도 차분히 설펴보았다.

역시나 수많은 형상이 새겨져 있었다.

그러나 모두 하나같이 알 수 없는 괴이한 문양이다.

운허는 결국 왔던 길의 끝까지 돌아갔다.

통로 끝은 막혀 있었다.

야명주를 들이밀어 자세히 살펴본 결과 거대한 암석으로 막혔다는 것을 알 수 있었다.

다만 그 크기가 어느 정도인지 가늠이 되지 않았다.

전력을 다해 밀어도 끄떡없었다. 암석을 부숴볼까 싶어서 몇 번이고 내력을 실어 주먹을 휘둘렀다.

그러나 암석에 주먹이 닿는 순간 내기가 그대로 흩어져 버렸다.

맨주먹으로 암석을 후려친 격이 된 것이다.

처음에는 참던 운허는 더 이상 암석을 향해 주먹을 휘두를 수 없었다.

외공을 제대로 익히지 않아 통증을 참을 수가 없었다.

외공과 같은 경우는 이론으로만 배워둔 것이 전부이다. 성장에 방해될까봐 몸으로 익힌 적은 한 번도 없었다.

"진법인가? 아오! 주먹 나가겠네."

운허는 붉게 달아오른 주먹을 쓰다듬으며 중얼거렸다.

진법에 닿는 순간 끌어올린 내력이 흩어지다니.

운허는 기록상으로도 그런 일을 본 적이 없었다. 진법이나 술법으로 유명한 태상방이나 모산교에도 그런 절진이 있다고는 들은 적이 없다.

하지만 지금의 상황은 진법이 아니면 설명이 불가능했다.

"매화진인이 기인은 기인이었구나."

그래도 막상 겪어보니 동굴에 설치된 진법은 상대를 해하는 것은 아닌 것 같았다. 특별히 체력이 떨어지거나 환각을 보여 주는 것은 아니니 말이다.

하지만 운허의 몸 상태가 안 좋아 진법이라면 더 큰 문제다.

진법이라는 것이 워낙 오묘하여 운허로서는 그 묘리를 다 파악할 수가 없었다.

칠 년 동안 무작정 외웠을 뿐이다.

"나 진법은 모르는데……."

그러니 운허의 입장에서는 푸념이 절로 나올 수밖에 없었다.

어설픈 지식으로 진법을 흩트려 놓는다면 생문이 사라져 그대로 죽음에 이를 수도 있기 때문이다.

결국 운허는 다시 되돌아 나가며 동굴을 샅샅이 뒤졌다.

"에효, 첫날에 발견했으면 내가 장삼봉이나 매화진인이겠지. 음? 잠깐. 근데 매화진인 이름이 뭐였더라?"

홀로 중얼거리던 운허는 문득 그 부분이 궁금해지기 시작했다.

장삼봉은 무당을 세웠고 매화진인은 화산을 세웠다.

그런데 왜 장삼봉은 이름이 알려져 있지만 매화진인은 그 이름이 알려지지 않았을까.

"이름이 매화인가? 아니면 성?"

그럴 리는 없을 것이다.

도대체 무엇 때문에 이름이 알려지지 않은 것일까.

"그보다 매화진경은 어디 있는 거야?"

운허는 다시 호수 쪽으로 걸어갔다. 그러다 문득 이상함을 느꼈다.

"설마 이거야?"

미심쩍은 눈으로 벽면에 잔뜩 새겨진 문양들을 보았다.

처음 글을 배웠을 때가 생각났다.

글자가 너무 어려워 마음대로 썼더니 괴상한 그림처럼 보이기도 했다.

저 벽면의 문양도 그러해 보였다.

처음에는 몰랐지만 자꾸 보니 글자 같다는 느낌이 들었다.

운허는 생각에 잠겼다.

매화진인은 당대의 천하제일인이다.

그러나 정작 화산에서는 그의 본명조차 알려져 있지 않으며 어떤 사람이었는지, 어떻게 성장했는지에 대한 자세한 정보조차 없었다.

대략적인 사건을 통해서만 그에 대해 설명되어 있을 뿐이다.

그에 대해 화산에 전해지는 것이 너무 없다.

냉정히 생각해 보면 매화진인이라는 존재에 대해 의심을 하기에 충분하다.

하지만 그의 존재를 부정하는 사람은 없었다.

그건 운허도 마찬가지였다.

매화진인은 화산에게는 뿌리와도 같은 존재다.

그를 부정하는 것은 화산의 뿌리를 잘라내는 것과도 같았다.

"정말 이건… 에이, 설마 이 정도면 그냥……."

아무리 봐도 저 문양은 글자가 분명하다.

그러나 이 정도로 날려 적었다면 사실 문맹이라고 봐야 하지 않을까.

하지만 의문이다.

글도 제대로 못 읽는 이가 어떻게 진인이라고 불리겠는가.

도가 경전의 가르침과 배움 없이 어찌 도를 논할 수가 있는가.

어쩌면 서체가 워낙 특이한 것일 수도 있다.

범인이라면 알아볼 수 없는 도가 스며들어 있을 수도 있지 않을까.

"그런데 왜 와 닿지 않지?"

하지만 도저히 그렇게 여겨지지 않으니 문제다.

운허는 유만에게 돌아가 벽면의 문양들에 대해 이야기를 꺼냈다.

그러자 미동이 없던 유만이 반응했다.

"그래, 그게 바로 매화진경이다."

"그 낙서가요?"

운허는 놀라 되물었다.

벽에 새겨졌던 그 수많은 문양이 정말로 매화진경이라니.

설마 싶었지만 진짜일 줄은 몰랐다.

"전 혹시나 그게 매화비총에 설계된 진법의 일부가 아닐까 생각했거든요."

운허는 암석을 두드릴 때의 일을 이야기했다.

세상 어디에서도 끌어올린 내력을 일시에 흩트려 놓는 진법이 있다고는 들어본 적이 없다.

그러한 절진이 있다고는 생각하지도 못했다.

하지만 이미 몸으로 겪었다.

이런 절진이 유지되기 위해서는 많은 준비가 필요하다.

그래서 벽에 새겨진 문양이 진법을 구성하기 위한 장치가 아닐까 싶었다.

그 외에 매화비총은 특별한 것이 없었다.

"그것도 맞다. 매화비총에서 아무도 나갈 수 없게 된 것이 바로 그 때문이다."

"저 지금 잘 이해가 안 되는데요?"

"벽에 새겨진 것이 매화진경이 맞다. 그것으로 인해 진법이 생겨난 것도 사실이다. 그뿐이다."

유만의 설명에도 운허는 썩 만족스럽지 못한 표정이다.

"그런데 그거 건드리면 큰일 나겠죠?"

"진법을 배웠다면 알겠지."

"저 사실 진법을 잘 몰라서요. 건드리면 큰일 나는 것은 확실하겠죠?"

"매영 모두 차마 진법을 건드리지 못했지."

"…큰일 나는 것 맞네요."

운허의 시선이 뒤쪽에 안치된 백골들을 향했다.

모두 전대의 매영이다.

그들은 모두 이곳에서 끝을 맞이했다.

역대의 매영들을 따져도 운허보다 진법을 모르는 이는 없을 것이다.

그들도 진법을 건드려 답을 찾지 못했다는 것이다.

"결국 진법과는 관계없이 매화진경을 제대로 익히지 못한다면 나갈 수 없다는 거네요."

그의 투덜거림에 유만의 답은 없었다.

유만은 조용히 그를 보고 있을 뿐이다. 그게 마치 노려보는 것만 같았다.

"왜 그렇게 보세요?"

"너는 다른 이들과 다르구나."

"뭐가요?"

"매화진경이 탐나지 않는 것이냐?"

"예. 필요 없는데요."

"이곳에 오기가 싫었던 것이냐?"

"당연하죠."

운허는 다소 퉁명스러워졌다.

"매화비총이 어떤 곳인 줄은 아느냐?"

"무덤이죠."

"너는 정말로 아무 생각 없이 왔구나."

"아닌데요. 저 백치 아닌데요."

"…너 같은 놈이 오다니, 화산이 변했구나."

유만의 탐탁지 않은 반응에 운허는 머리를 긁적였다.

"그런데 이게 당연한 것 아닌가요?"

"당연하다? 무엇이?"

"여기 갇히면 다 죽잖아요. 그런데 누가 오고 싶어해요."

"죽음은 누구에게나 오는 것이다."

유만의 말에 운허를 고개를 절레절레 저었다.

"그래도 여긴 아닌 것 같아요."

"매화비총에 아무런 미련이 없는 것 같구나."

“인연이 아닌 것에 욕심을 왜 내요.”

“노력하여 얻을 수 있는 것이다.”

“그래서 얻었어요?”

돌아오는 대답은 없었다.

삼백 년의 시간을 들였다. 그러나 매화진경의 모든 것을 얻지 못했다.

깨달음이란 노력만으로 얻을 수 없는 것이다.

유만도 모르지는 않았다.

그의 눈이 운허의 눈과 마주쳤다.

홀로 이곳에 머물며 명경지수와 같던 그의 평정심이 조금은 흔들렸다.

불쾌한 눈이다.

저 어린아이는 마치 모든 것을 알고 있는 듯하다.

그는 불편함을 감출 수 없었다.

“너는 이해할 수 없는 아이구나.”

“저도 그래요. 어르신을 이해할 수 없어요.”

“매화진경은 화산의 모든 것이다.”

“애물단지죠. 다들 여기 싫어하거든요.”

운허는 그대로 유만에게 쏘아붙였다.

매화비총에 와서 자꾸 불평불만이 늘어나고 있다.

“네가 이곳에 있기 싫다는 것은 알겠다. 필시 사정이 있겠지.”

“예. 저는 조금 급한 것 같아요.”

“하지만 네가 나가려면 매화진경을 익혀야 한다.”

“그건 그렇죠.”

“그런데 지금과 같은 태도로 과연 다 익힐 수 있을 것 같으냐.”

“……”

운허는 할 말을 잃었다.

유만의 말이 맞다.

하루라도 빨리 나가기 위해서는 매화진경 앞에서 매일 밤을 새워야 할 것이다.

그러면 진법에서 빠져나갈 길이 보일지도 모른다.

지금처럼 삐딱한 태도로는 안 된다.

운허는 화제를 돌렸다.

“그런데요. 매화진인의 본명이 뭐에요?”

“춘삼이.”

“…예?”

“춘삼. 소작농 자식인 무지렁이였지.”

“……”

순간 운허는 할 말을 잃어버렸다.

매화진인이 본명이 춘삼이라니.

이건 생각지도 못했다.

만약 본인의 이름이 쪽팔렸다면 어디에다 언급했을 리가 없다.

그러면 기록에 남을 리가 없다.

“저기 그러면 춘삼이… 아니, 매화진인께서는 누구한테 무공을 배운 거예요?"

"혼자 했다."

"독학으로 배웠다고요? 정말로 혼자서 화산의 무공을 만든 건가요?"

"화산의 무공을 만든 것은 우리 칠성이었다."

"무슨 말씀이죠? 그러면 매화진인에게 무공을 배우지 않은 건가요?"

이해가 되지 않는 부분이다.

화산파의 시작은 매화진인에게서이다.

칠성도 그에게서 무공을 배웠을 터다. 그렇다면 화산의 무공의 시작은 매화진인이어야만 한다.

"너는 검신합일을 이루었느냐?"

갑작스런 유만의 질문에 운허는 고개를 저었다.

"아뇨. 누구나 오를 수 있는 경지는 아니잖아요? 이 나이에 어떻게 그래요."

"매화진인은 검을 들자마자 검신합일을 깨달았다."

"예? 저, 정말요?"

"그렇다. 그에 반하여 우리 칠성은 십 년이라는 세월이 걸렸지."

검신합일(劍身合一). 검으로 이룰 수 있는 최고의 경지를 말한다.

당대의 화산에는 그 경지에 이른 이가 없다.

현재 강호상에도 그 경지에 이르렀다고 열려진 이는 겨우

두 명 정도이다.

하늘의 도움이 아니면 평생을 바쳐도 도달할 수 없는 경지.

검신합일은 그런 경지였다.

절대 검을 잡는 것만으로 이룰 수 있는 것이 아니었다. 십 년 동안의 연공으로 이루는 것도 말이 되지 않는다.

운허는 혼란스러웠다.

도대체 그게 말이 되는 일인가.

그러나 유만은 그게 당연하다는 것처럼 담담했다.

"그거 거짓말이죠? 대체 언제 검을 잡았다고 바로 검신합일이에요. 그런 게 어디 있어요?"

"진인께서는 농사꾼으로 살다 서른 즈음에 처음 검을 잡고 그 경지에 이르셨다."

"말도 안 돼. 그게 말이 되냐고요."

"사실이다."

유만은 딱 잘라 말했다.

운허는 도통 인정할 수 없었다. 검을 잡았다고 천하제일고수가 된다는 것이 말이 되는가.

믿기지 않았다.

억울한 마음마저 들었다.

운허는 혹시나 하는 마음으로 물었다.

"그게 절세의 보검인 것은 아니고요?"

"녹슨 철검이었다."

"하아, 세상은 불공평하네요."

돌아오는 대답에 절로 어깨가 처졌다.

운허는 새삼스러운 눈으로 유만을 보았다.

칠성만 하여도 놀라운 일이다.

십 년 만에 검신합일을 이룬 것만으로도 하늘이 내린 재능이라고 봐야 한다.

홀로 일가를 이루고도 남을 재능이다.

그런데 그들은 자신들보다 더 뛰어난 이를 만났다.

필시 넘을 수 없는 벽을 본 기분이었을 것이다.

"진인은 그런 사람이다. 아마 그런 이를 천재라 부르겠지. 그런데 말이다. 그렇기 때문에 그 어떤 인물도 그의 무공을 온전히 배울 수 없는 것이다."

"으음, 진인이 무식해서요?"

"아니. 그와 우리가 서로를 이해할 수 없어서이다."

매화진인은 서른까지 농사꾼으로 살았다.

그는 검을 쥐자마자 하루아침에 천하제일의 검사가 되어버렸다.

그의 기준에서는 허리가 휜 노파라도 보법을 배우는 순간 천리를 하루 만에 뛰어다녀야 한다.

어릴 적부터 무공을 익힌 자라면 일권에 태산을 무너뜨려야 한다.

그랬기에 그에게는 칠성조차도 범재의 수준일 뿐이었다.

하지만 칠성은 하나같이 보기 드문 인재였다.

타고난 재능에 더하여 그들은 어릴 적부터 체계적으로 무공을 익혔다.

단 하루도 흐트러짐 없이 무에 열중했다.

타고난 재능에 꾸준한 노력으로 그들은 강해졌다.

그들은 점점 더 높은 수준에 대한 열망이 깊어졌다.

어지간한 무공은 하루 이틀 만에 깨우쳤다.

가르치는 이가 어떤 인물이라고 하여도 이삼 년 안에 그의 경지를 뛰어넘었다.

사부로 삼았던 이들조차 그들을 시기하기 시작했다.

칠성은 하나둘씩 매화진인을 찾아가게 되었다.

세상에 다시없을 무인이 화산에 머무르는데 어찌 가만있을 수 있을까.

최소한 그라면 자신들을 거둘 그릇이라 여겼다.

그들의 판단은 맞았다.

매화진인은 당대의 천하제일인이었으며 당대의 종사였다.

칠성은 그를 따라잡기 위해 단 하루도 편하게 잠을 잘 수 없었다.

하지만 그들 사이에는 채울 수 없는 간극이 존재했다.

매화진인은 검을 쥐자마자 이룬 경지를 칠성은 십 년이 걸렸다.

매화진인에게는 숨을 쉬듯 당연한 것도 그들은 도저히 해낼 수 없었다.

칠성은 그래서 고민에 빠졌다.

그들은 태어나 처음으로 자신들의 재능에 한계를 느끼고 말왔다.

　노력으로 따라잡을 수 없는 한계에 좌절을 겪었다.

　처음으로 자신들을 시기했던 이들의 심정을 이해할 수가 있었다.

　하지만 그들은 단순히 재능만을 가진 얼뜨기가 아니었다. 쉽게 포기했을 것이라면 매화진인을 찾을 이유가 없었다.

　그들은 매화진인이 전해주는 동작 하나와 숨 쉬는 법까지 따로 분류하여 체계화시켰다. 철저하게 자신들에게 맞게 정리한 것이다.

　그 위험한 일을 칠성은 성공하고야 말았다.

　그리고 그게 화산의 무공이 되었다.

　운허의 얼굴이 굳어졌다.

　화산의 무공은 오로지 매화진인이 만들어낸 것인 줄 알았던 그다.

　그런데 모든 무공이 칠성의 손을 거쳤다는 말인가.

　점점 머리가 아파왔다.

　"그러면 화산의 무공은……."

　"우리 칠성이 이리저리 끼워 맞춘 넝마 조각일 뿐이다."

　유만의 음성은 좀 전보다도 낮게 깔렸다. 이때까지와는 달리 자조적이기까지 했다.

　운허는 그 뜻을 알 수 있었다.

　결국 칠성은 매화진인을 넘어서지 못한 것이다.

　화산의 무공 자체가 그들에게는 패배의 산물인 것이다.

그러니 유만이 매화진경을 찾으러 온 것이 아닌가.

"나는 다시 잠들 것이다."

유만이 말했다.

"졸리세요?"

"삼백 년을 이어온 몸뚱이다. 숨을 쉬는 것만으로도 온몸이 바스러져 가지."

"그, 그러면……."

"내 몸에 호수의 물을 뿌려라. 그리고 그곳의 이끼를 매일 한 줌씩 씹어서 내 입에 넣어라. 그렇게 시간이 지나면 나는 다시 일어날 것이다."

그리고 유만은 아무런 말도 하지 않았다.

"식사 맛있게 하세요."

운허는 방금 전까지 입안에서 씹어댔던 이끼를 유만의 입에 밀어 넣었다.

유만의 몸은 실제로 만지니 무척이나 괴이했다.

피부에 탄력은 물론 근육도 없었다.

뼈에 살가죽이 붙어 있는 정도이다.

곤충의 껍질만 같았다.

잘못해서 부서질 것만 같은 유만의 입을 벌릴 때는 매번 조심스러웠다. 마지막으로 야명주를 담았던 가죽 주머니에 담은 물을 유만의 머리에 부었다.

"물도 맛있게 드시고요."

그는 그렇게 말하며 매화진경을 살피러 갔다.

"오늘은 여기부터 볼까?"

운허는 매화진경의 여러 문양 중 가장 작은 문양 하나를 선택했다.

"진짜 능력 없으면 일 벌리면 안 되는 거야. 이게 무슨 고생이야."

이미 등선하고 없는 매화진인을 떠올리며 운허는 투덜거렸다.

"글도 모르는 사람이 왜 여기다가 낙서를 해가지고 이게 무슨 고생이야. 괴상한 진법을 만들어 가지고 이게 뭐냐고. 다른 사람들도 여기에 다 갇히고."

불만이 쉼 없이 터져 나오기 시작했다.

매화비총에서 매화진경을 곧바로 수습하지 못한 이유를 하나 꼽는다면 필시 저 글자 때문일 것이 분명하다.

말이 좋아 글이지 도저히 알아볼 수 없다.

그랬기에 운허는 그 문양 하나하나를 자세히 살피고 있었다.

도저히 알아볼 수 없어서 막 글자를 배울 때 썼던 일기라도 다시 보는 것 같은 기분이다.

"이거 태극기공인가?"

운허의 이맛살이 찌푸려졌다.

그의 손이 짚은 부분은 화(火) 자 여러 개가 차례대로 그려져 있었다. 그러나 자세히 보면 인(人) 자에다가 점의 위치가 미세하게 달라져 있음을 알 수 있었다.

　그 점의 위치가 마치 태극기공을 펼칠 때의 손동작 같다.

　인(人) 자의 사이가 좁아지거나 넓어지는 변화는 다리 모양 같았다.

　"어라? 정말 똑같은데."

　운허는 태극기공의 동작을 천천히 펼치며 벽에 새겨진 글자와 비교했다. 펼치면 펼칠수록 기가 막힐 정도로 맞아떨어졌다.

　"이거 아예 글자가 아니라 그림이잖아."

　그는 혀를 내둘렀다.

　"잠깐. 이거 전부 다 그림은 아니겠지?"

　퍼뜩 정신이 든 운허는 사방을 둘러보았다.

　점점 불길해졌다.

　운허는 매화비총에 새겨진 태극기공을 몇 번이고 다시 살펴보았다.

　그가 화산에서 배웠던 태극기공과 전혀 다르지 않았다.

　칠성은 매화진인에게서 화산의 무공을 창안했다고 했다.

　그 말은 매화진인이 가르친 것과 차이가 있다는 뜻이다. 그렇다면 매화진경과 그가 배운 화산의 무공은 차이점이 분명 있어야만 한다.

　태극기공 간의 차이는 분명 있다. 그러나 동작 간의 작은 차이일 뿐이다.

실제적인 차이점은 없다고 봐야 했다.

화산의 무공과 매화비총이 모두 같은 것일까.

그는 고개를 저었다.

태극기공은 화산의 입문 무공이나 마찬가지다. 이 무공을 칠성이 이해하지 못했을 리가 없다.

상위의 무공에서 차이가 날 것이 분명했다.

하지만 무턱대고 아무거나 해독에 들어갈 수는 없었다.

운허는 태극기공 때와 같이 최대한 작은 것을 찾았다. 그리하여 찾아낸 것은 팔괘장이나 육합권과 같이 강호에서도 널리 퍼진 무공이다.

태극기공 때처럼 그가 배운 것과 크게 다르지 않았다.

운허는 그와 같이 작게 새겨진 부분을 모조리 해독하기 시작했다.

그러자 나름대로의 법칙이 보였다.

먼저 매화진경은 순서 같은 것은 없었다.

무작위로 적어놓았을 뿐이다. 다만 무공의 수준에 따라 설명의 양이 달랐다.

그가 이때까지 해석한 것은 모두 제일 작은 것이었다.

글자들에 대한 것도 깨달았다.

매화비총의 글자 대부분은 알아보기 힘들 정도로 휘갈겨져 있었다. 그러한 것들은 대부분 무공의 구결이나 기본적인 설명이었다.

반대로 개중 보기 쉬운 글자들이 있었다.

그러한 글자들은 동작을 뜻하는 기호였다. 두 다리를 벌리고 선 인(人)자라든가 양팔을 벌리고 똑바로 선 십(十)자와 같은 것들이 그런 기호라고 봐야 했다.

그것들을 한참을 보다가 운허는 암호문을 떠올렸다.

화산의 초기에는 비급의 유출을 막기 위해 그들만이 알아볼 수 있도록 암호문을 사용했다. 그 형태의 일부는 아직 화산에 내려오고 있었다.

그러나 그게 문제였다.

일부밖에 내려오지 않았다는 것이다.

그러나 그것만 해도 어디인가.

암호문이라는 것을 깨닫기 전에 운허는 해독에 상당히 많은 착오를 겪었다. 미리 화산의 무공을 익혀오지 않았다면 주화입마에 걸렸을지도 모를 정도로 잘못된 해석으로 치달을 뻔한 적도 있다.

하지만 이제 그 위험성이 줄었다.

암호문이라는 것을 알아차린 덕분에 작업 속도가 빨라졌다.

해독에 성공하기 시작하자 다른 것은 생각하지 못할 정도로 엄청난 성취감을 느끼기 시작했다.

무당의 장삼봉과 함께 거론되는 사람이 매화진인이다.

유만에 의해 그 상상이 다소 깨졌다지만 화산의 도사에게 그는 남다른 의미를 가진 인물이다.

운허 또한 마찬가지였다.

그에 대한 존경심이 사라지는 것은 아니었다.

서른의 나이에 검을 처음 잡았다. 그리고 천하제일인이 되었다.

이야기 속에서나 가능한 일을 그는 해냈다.

그럼에도 그는 도인이고자 했다.

그에 대한 이해가 깊어지자 역으로 존경심이 커졌다.

당대의 천하제일인이었던 이가 남긴 심득이 눈앞에 있다.

전대의 매영들조차 다 알아낼 수 없던 것이 자신의 손에서 다시 살아나고 있다는 그 쾌감.

운허는 그것에 취해 있었다.

처음 가지고 있던 불안감이나 의구심은 사라진 지 오래였다.

매화진인에게 조금은 가까이 다가가고 있다는 사실이 흥분케 하고 있었다.

*   *   *

운허는 죽엽수를 펼치고 있었다.

두 다리는 굳건히 땅을 받치고 무릎과 허리, 어깨가 부드럽게 휘어졌다.

대나무가 휘어지듯 되돌아오는 움직임이 배는 빨랐다.

손은 나뭇잎처럼 곱게 펼쳐져 있다.

종횡으로 휘둘러지는 수도는 마치 칼날과도 같았다.

바람을 베어가는 그 기세는 운허의 귀에도 생생하게 들려왔다.

실제 검을 쥐고 있는 것 같다는 착각마저 들 정도였다.

대나무 잎처럼 빠르게 손목이 흔들렸다.

연거푸 죽엽수를 펼치던 운허는 바닥에 드러누웠다.

드디어 매화진경의 사분지 일을 해독했다.

예전이라면 거기에 탄력을 받고 더 해독을 할 운허였다. 그러나 갑자기 온몸에 힘이 들어가지 않기 시작했다.

"나 얼마나 한 거지?"

천장을 통해 빛이 들어오기는 한다.

그러나 매일 구름에 가려져 있어서 햇빛과 달빛의 구분이 불가능하다. 굳이 시간을 알고 싶다면 밖으로 올라가야만 할 정도이다.

하지만 그것도 한두 번이다.

언제 해가 지고 달이 떴나 보려고 하다 보니 당최 집중이 되지 않았다.

심지어 밖으로 나가니 매화비총을 떠나고만 싶었다.

자꾸 사부인 명현이 떠올랐다.

그와 함께했던 시간이 떠오르고 이별 길에 배웅해 준 수많은 사문의 사람들이 머리에 아른거렸다.

뭐 마려운 개처럼 안절부절못하게 되었다.

정작 할 일은 뒷전이었다.

그래서 처음 며칠을 제외하고는 단 한 번도 시간을 세어보지 않았다.

실수로라도 천장을 보지 않으려 애썼다.

그러자 자연스레 매화진경의 해독에 집중이 되었다.

잡념이 사라지니 초조함도 없어지고 무인으로서의 호승심이 일깨워졌다.

운허는 곰곰이 생각에 잠겼다.

시간이 얼마나 지났는지 전혀 감이 잡히지 않았다.

여기에 와서 한 것이라고는 매화진경을 보고 해독하고 수련하는 것뿐이었다.

그 시간 외에는 편히 쉬었다.

그러니 지금처럼 몸에 힘이 빠지는 것도 이상하지 않았다.

오히려 버텨준 것이 신기했다.

"나도 하면 하는구나."

그는 새삼 신기했다.

예전에도 종종 집중하지 않고 딴 짓을 한다고 꾸중을 듣고는 하지 않았던가.

그때 지금처럼 했다면 혼나지는 않았을 텐데.

"헤헤, 사부님이 지금 이 모습을 보셨어야 하는데."

그랬다면 명현은 장하다며 머리를 쓰다듬어 주었을 것이다.

"아니지. 사부님이 아니라 아버지지."

명현을 떠올리면 언제나 사부님이라는 단어가 먼저 튀어나왔다.

그러다가도 마지막 그와 나누었던 그 약속이 자꾸 가슴을 간질거리게 했다.

아버지.

그 단어 하나만으로도 눈시울이 붉어지기 시작했다.

마지막 명현의 모습이 눈에 아른거렸다.

"좀 편하게 계셔야 할 텐데."

명현이 눈을 잃고 팔까지 잃으면서 싸웠던 이유는 단 하나였다.

바로 자신이었다.

그걸 모를 리가 없다.

답답했다.

제발 한 번이라도 자기 몸을 더 생각해 주면 안 되는 일인가.

남보다 자기 자신을 생각하는 것이 그렇게 힘든 건가.

'나도 그렇게 할 수 있을까?

문득 그 생각이 들었다.

사부인 명현은 언제나 답답한 사람이었다.

그러나 그랬기에 더욱더 존경할 수밖에 없었다.

언제나 그를 닮고자 했다.

그래서 암화주에게 명현을 살려달라고 빌지 않았나.

그 대가가 지금 이것이라고 하여도 사실 후회는 하고 싶지 않았다.

차라리 그 하나만으로 끝난 것이 다행이다.

진작 자신만 나섰다면 이렇게까지 되지는 않았을 것이다.

지금 생각하니 너무나 미안했다.

어린 세 명의 사질과 옥양자도 죽지 않아도 되었다. 명현 또한 그렇게 다치지 않았을 것이다.

"아냐. 그건 아냐."

운허는 고개를 저었다.

마지막이 되어서야 흑영이 자신을 원한다는 것을 알았다.

"그만해야지."

일어나지 않은 일을 생각할 필요는 없다. 몸이 편해지면 이렇게 딴생각을 하기 시작하니 문제다.

운허는 다시 매화진경에 시선을 돌렸다.

"내가 뭘 잘못 생각하고 있는 건가? 왜 다 똑같지?"

매화진경에 대해 이해심이 부족한 것일까.

아직도 매화진경과 화산의 무공 사이에 큰 차이점을 찾을 수 없었다.

칠성이 그만큼 잘 정리한 것일까.

하지만 유만이 직접 언급하지 않았는가.

그의 가르침을 이해할 수 없어서 자신들이 직접 체계화시켰다고.

그래서 만들어진 화산의 무공을 넝마 조각이라고까지 했다.

그 말은 알맹이가 없어 조화가 되지 않았다는 것이다.

그러니 매화진경에 적힌 것은 화산의 무공에 없는 핵심적인 내용이 존재해야 했다.

그게 구결이든지 아니면 초식이든지 간에 말이다.

하지만 찾을 수 없다.

지금의 화산의 무공이 오히려 매화진경보다 더 낫다고 느껴졌다. 그토록 화산의 무공이 발전했다면 매화진경은 필요 없는 것이다.

그러니 이해가 되지 않는다.

그런데 왜 이것을 손에 넣어야 하는가.

운허의 고민은 점점 심마로 발전되어 가고 있었다.

이마에 깊은 고랑이 파여지며 초조했는지 그도 모르게 손톱을 물어뜯고 있었다.

그러다 갑자기 두 눈이 번뜩 뜨여졌다.

"나만 이걸 겪었을까?"

그만이 겪었을 리가 없다.

매영은 모두 당대 화산의 기재 중 으뜸인 자다.

그가 느끼는 것을 그들이 몰랐을 리는 없다.

그들 이전에 유만은 분명 알고 있었을 것이다. 그런데 왜 아무런 말을 하지 않았을까.

'뭔가 이상해.'

등골이 서늘해졌다

왜 유만은 가만히 자리에 앉아만 있는 것인가.

처음에 대화를 한 것을 제외하면 그는 말을 하는 것조차 극도로 아끼고 있었다.

유만이 무언가 숨기고 있는 것 같았다.

'못 움직이는 건가?'

그럴 가능성이 높았다.

목내이처럼 메마른 몸은 금방이라도 부서질 것 같았다.

'내가 만약 무언가를 먹여주지 않으면 어떻게 되지?'

매영들이 매번 그의 곁에서 살고 있었던 것은 아닐 것이다. 그런데 어떻게 아직 살아 있을 수 있을까. 정작 자신만 하더라도 그가 배고플 때 이외에는 유만에게 가지도 않는 형편이다. 심지어 가끔은 그를 잊고 혼자 허기진 배를 채울 때도 있다.

그러나 단 한 번도 유만은 그 일로 자신을 찾지 않았다.

'그를 떠봐야겠어.'

운허의 눈이 날카로워졌다. 이곳에서 목숨은 스스로 책임져야만 한다. 알아야 하는 것을 모른다면 당장 죽을지도 모르는 곳이다.

'평상시처럼 행동하자.'

그는 다시 매화비총의 해독에 들어갔다.

어쨌든 가장 중요한 것은 눈앞의 매화진경이었다.

매화비총과 화산의 무공이 같을지도 모른다.

아니, 똑같다.

운허는 그것을 가설이나 추측이 아니라 사실로 규정지었다.

칠 년 동안 매영으로 성장한 그다. 비록 자의가 아니라고 해도 매화비총이 화산에 어떤 의미인지는 누구보다 잘 알고 있다.

그래서 그는 기대를 하고 있었다.

매화비총에서 매화진경을 얻어 고수가 되고 싶은 마음도

있다.

그래서 당당하게 사문으로 돌아가고자 했다.

매화진경을 해독하기 위해 무공을 펼치다 지쳐서 실신할 때도 있었다.

근육통 때문에 거동이 힘든 적도 있다.

그러나 단 한 번도 게으름이나 꾀병을 부리지 않았다.

화산을 위해서였다.

매화진경도 이미 절반 이상 해독했다.

하지만 그는 더 이상 기운을 차릴 수가 없었다. 의욕이 사라져 버렸다.

도대체 무엇이 다른가.

화산의 무공을 아무렇게나 휘갈겨 적은 수준이 아닌가.

무엇 때문에 이곳에 있어야 하는가.

이딴 것이 무엇이라고 그 많은 이가 여기에서 숨을 거두었는가.

'유만, 무엇을 숨기는 겁니까.'

운허는 자연스레 유만을 찾아갔다.

그가 답을 하지 않아도 상관없었다. 더 이상은 참을 수가 없었다.

처음 보았을 때와 같이 유만은 가부좌를 튼 채로 있었다. 숨조차 쉬지 않는 그의 모습은 이미 숨을 거두었다고 착각할 정도였다.

운허는 그의 앞에 자리를 잡았다.

유만과 똑같이 가부좌를 취한 그의 기세는 흉흉했다.

"만약 내 목소리가 들린다면 대답을 하셔야 할 겁니다."

들려오는 답은 없다.

그에 개의치 않고 운허는 말을 이었다.

"매화진경, 여기에 없습니다. 그렇지 않습니까?"

그에 유만의 눈이 천천히 떠졌다. 보기 드물게도 그의 입가가 말려 올라갔다. 그건 마치 비웃음과도 같아 보였다.

"내 생각보다는 빠르구나, 어린 매영아."

"……."

의외의 대답에 운허는 말을 잇지 못했다. 크게 확장된 동공과 꽉 쥔 주먹이 부들부들 떨려왔다.

"당신이 그러고도 화산의 사람입니까!"

운허는 그도 모르게 목소리를 높였다.

유만의 조소에 마치 그동안의 노력이 부정당한 것 같았다.

그는 이미 매화진경에 관한 것을 알고 있었다. 그럼에도 불구하고 아무런 말도 않고 그저 관망하고 있었던 것이다.

그는 매화진경의 비밀을 왜 감추었단 말인가.

"왜 그랬습니까? 도대체 얼마나 많은 이가 당신한테 속은 겁니까!"

"어리석구나. 아주 어리석어."

유만의 입가에서는 미소가 떠나지 않았다.

그의 눈은 단 한 번도 운허의 눈을 피하지 않고 있었다.

"네가 나와 대화를 하고 싶다면 다시 앉는 것이 좋을 것이다."

“크윽.”

운허는 아랫입술을 깨물었다. 그저 가만히 앉아 있는 유만이 너무나 얄미웠다.

하지만 유만과의 대화는 필요했다.

그는 몇 번이고 숨을 고르고 나서야 제자리에 앉았다.

“매화진경을 어디까지 해독했느냐?”

“…절반 이상입니다.”

“겨우 그 정도밖에 못했다니 실망이구나.”

“그게 당신이 할 말은 아니지 않습니까.”

아직 완전히 감정을 추스르지 못한 운허의 말투는 평소와 달랐다.

유만은 그를 비웃었다.

다른 매영들은 매화진경을 다 해독하고도 남았을 시간에 절반밖에 하지 못했으면서 칭찬받고 싶은 것이냐.”

“…그게 무슨 소리입니까?”

“말 그대로다. 다른 매영들은 너와 같은 시간에 모두 해독을 끝냈다. 그들도 의심은 했으나 모든 것을 확인하기 전까지 절대 경거망동하지 않았지. 그러나 네놈은 눈치만 빠르구나. 윗사람을 존경하지 못하고 노력조차 하지 않아. 실망이구나. 네놈을 보니 화산이 변했다는 것을 알겠구나.”

“……”

운허의 얼굴이 새하얗게 변했다.

다른 매영들에 비하여 뒤처진다는 것은 사실 크게 충격 받을 일이 아니다.

그들보다 뛰어나다고 단 한 번도 생각하지 않았다.

그러나 마지막 말이 귓가에 맴돌았다.

그 말에 욕지거리가 튀어나올 것만 같았다.

"화산은 변하지 않았습니다."

"변했다. 매영은 그 시대의 화산을 대표하는 기재. 그게 너라는 사실이 참으로 슬프구나."

유만은 그리고 눈을 감았다. 더 이상 대화조차 하지 않겠다는 뜻이다.

운허는 자리에 일어났다.

그의 눈은 다시 매화진경을 향했다.

第九章
매화진경(梅花眞經)

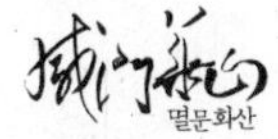

　운허는 결국 매화진경의 해독을 완료했다. 도중에 몇 번이고 집어치우고 싶다는 생각이 들었다. 그럼에도 그는 포기할 수 없었다.
　화산은 절대로 변하지 않았다.
　그걸 보이고 싶었다.
　이번에 그는 유만의 앞에 무릎을 꿇었다. 그리고 그는 고개를 조아렸다.
　"매화진경의 해독을 완료했습니다."
　그러자 유만의 눈이 다시금 떠졌다.
　"깨달았느냐?"
　"예, 깨달았습니다. 저것이 매화진경이 아니라는 것을 말입니다.”

“그래, 그것은 화산무공총록(華山武功總錄)이다.”

“역시 그랬군요.”

운허는 천천히 고개를 들었다. 절로 한숨이 나왔다.

매화비총에 새겨진 것이 매화진경이라고 여태까지 생각했다.

그러나 그것은 유만의 말대로 화산무공총록이었다.

화산의 모든 무공이 기록되어 있었기에 해독하다 보니 화산의 무공에 대한 이해가 늘어났다. 도중부터 이상함을 눈치챘으면서도 혹시나 하는 기대감에 해독을 멈출 수 없었다.

화산무공총록은 다름이 아닌 매영을 위한 것이었다.

운허와 같이 일부분의 무공만 제대로 익히는 것을 예방하기 위함이었다.

“그런데 그것을 왜 매화진경이라고 하신 겁니까?”

운허는 궁금했던 것을 물었다.

“내가 비록 반쪽이라고는 하나 매화진경을 깨닫게 된 이유 중 하나를 꼽자면 그 화산무공총록 때문이라고 할 수 있다. 화산의 무공을 모두 알지 못한다면, 그것을 온몸으로 기억하지 않는다면 매화진경은 단순한 말장난에 지나지 않는다.”

“그래서 매화진경이라 속인 것입니까.”

“때로는 한 걸음 뒤로 물러나야만 볼 수 있는 것이 있지.”

고분고분해진 운허의 태도가 맘에 들기 시작한 유만이 이어 말했다.

“이제 너에게 하나의 무공을 전수해 줄 것이다.”

"어떤 것입니까?"

"주합심법(主合心法)이다. 너는 이제부터 오로지 이것만을 익혀야 할 것이다."

유만은 그 구결을 불러주기 시작했다.

운허는 모든 시간을 주합심법에 투자했다.

주합심법은 특이했다. 여타의 심법처럼 소주천이나 대주천의 개념이 없었다. 온몸에 퍼져 있던 기운을 단전에 모으는 축(築)과 그것을 다시 온몸으로 흩뿌리는 산(散)의 개념만 있을 뿐이었다.

주함심법은 단전에 내공을 쌓는 것이 아니기 때문이다.

그러나 효능은 놀라웠다.

사람은 내부에서 흐르는 기를 느끼는 것이 고작이다.

주합심법은 몸 안의 기를 더 직관적으로 느끼게 해주었다.

예전이라면 강물과 같던 흐름이 이제는 폭포와도 같이 느껴질 정도였다.

스스로를 관(觀)할 수 있는 발판이 마련된 것이다.

새로운 경지가 보이자 운허는 도저히 다른 것을 신경 쓸 수 없었다.

하루 종일 가부좌를 틀고 있어서 온몸이 뻐근했다.

그러나 그와 반대로 몸은 점점 가벼워지고 있었다.

운허는 태극기공으로 몸을 풀었다.

전과는 달리 몸 안의 혈맥이 확장되고 있는 것이 느껴졌다.

온몸의 간질거림이 희열로 다가왔다.

태극기공을 마치고 허기가 지자 호수로 갔다.

평소처럼 먼저 배를 채우고는 유만에게 이끼와 물을 먹였다.

그다음 그의 앞에 가부좌를 틀었다. 이제는 그의 근처에 있는 것이 어색하지 않았다.

주합심법의 진가를 알게 되자 유만을 의심했던 것이 송구스러울 정도였다.

"운허야."

"예, 부르셨습니까."

유만의 부름에 운허는 무릎을 꿇고 그를 보았다.

"이제는 제법 주합심법에 익숙해진 것 같구나. 어느 경지에 도달했느냐?"

"드디어 제 몸이 느껴집니다."

"훌륭하다."

운허는 그 칭찬에 환한 미소를 지었다.

유만은 본래 극도로 말을 아끼는 이였다. 불필요한 말은 하지 않았다. 그런 그가 칭찬을 했다면 예의상 하는 것은 아닌 것이다.

"너의 본명은 어떻게 되느냐?"

"홍몽이라고 합니다."

"홍몽이라……. 그렇구나. 그 이름이구나."

유만은 운허의 본명을 곱씹었다. 그리고 무어라 중얼거리던 그는 놀랍게도 환한 미소를 지었다.

"너는 정말로 나에게 본명을 가르쳐 주었구나."

그의 미소를 마주한 운허는 기이하게도 꺼림칙한 기분을 느꼈다.

뒤이어 유만의 몸 주변에 변화가 생겼다.

어둠에 감싸인 그의 몸이 점점 뚜렷하게 보이기 시작했다.

"어, 어르신, 무슨 일이 있으신 겁니까?"

운허가 놀라 그를 불렀다.

갑작스런 변화에 운허는 그가 등선을 하려는 것이 아닌가 하는 착각마저 들었다.

그러나 곧 유만의 주변이 평소처럼 변했다.

"홍몽, 너의 이름을 아는 자로서 명한다. 나에게 오라."

"어르신, 무슨 문제라도… 어어어어?"

갑자기 몸에 아무런 느낌이 들지 않았다.

주합신공으로 한층 예민해진 감각이 송두리째 사라져 버렸다.

그의 몸이 자리에서 일어나기 시작하더니 유만에게 걸어가기 시작했다.

"이, 이게 무슨 일입니까!"

놀란 운허가 소리쳤다.

그를 보는 유만은 혀를 찼다.

"네놈은 정말로 멍청한 놈이구나. 주합심법의 경지가 낮으니 그렇게 쓸데없이 입만 나불거리는 것이야."

"그게 무슨 말씀이십니까!"

운허는 다시 한 번 소리쳤다. 그러다 정신이 번뜩 들었다. 등골이 서늘해졌다.

"섭혼술?"

섭혼술(攝魂術). 비록 익힌 적은 없지만 사람의 의식을 조종하는 수법이라고 했다.

하지만 몇 마디 말에 몸이 자신의 의지를 벗어나다니.

말이 되지 않았다.

그러한 수법을 왜 유만이 자신에게 사용하는 것인가.

"이것은 그러한 저급한 술법이 아니다. 이것은 그냥 도일 뿐이다, 어린 매영아."

어둠 속의 유만이 웃는다. 그 웃음은 너무나 어둡고 짙어 더 선명하게만 보였다.

하지만 그렇다고 움츠러든 채로 있을 수는 없는 노릇이다.

운허는 혀를 깨물었다.

입안의 텁텁한 핏물과 함께 고통이 온몸으로 퍼지기 시작했다.

그는 통증이 사라지기 전에 자하신공의 구결을 떠올렸다.

그러자 단전이 반응했다.

온몸에서 자색의 기운이 흘러나오기 시작했다.

자하기공이 온몸으로 퍼지며 몸의 감각이 돌아왔다 사라지기를 반복했다.

온몸의 감각이 돌아오며 발걸음도 느려졌다.

하지만 주합심법의 구결이 떠오를 때마다 몸의 감각이 사라지는 것 같았다. 이제 조금이라도 방심하면 곧장 몸의 통제권을 잃어버리는 셈이다.

"네놈, 자하신공만큼은 제법 익혔구나."

유만의 다소 놀랍다는 목소리다.

운허는 이마에서 비 오듯 흐르는 땀조차 닦지 못하고 있었다.

"왜 이러시는 겁니까, 어르신?"

"모르는 것이냐, 아니면 모른 체하는 것이냐?"

"무엇이 문제입니까. 저의 어떤 것이 어르신의 심기를 어지럽힌 겁니까."

"정말 모르고 있구나, 허허."

대화를 하는 것도 버거운 운허와 달리 유만의 음성에는 아직도 여유가 흘러넘쳤다.

"너는 내가 어떻게 삼백 년 동안 살아 있다고 생각하느냐?"

"그거야 매화진경에서 깨달음을……."

"반쪽짜리다. 너는 그 불안정함으로 무엇을 이룰 수 있다고 생각하느냐? 영생? 불멸? 그조차도 반쪽짜리일 뿐이다. 보면 모르겠느냐?"

유만의 목소리는 점점 날이 서기 시작했다. 인상을 쓰는 그의 메마른 피부에 금이 가고 있었다.

운허는 그 순간 깨달았다.

유만은 갑자기 이상해진 것이 아니었다.

지금 저 모습이 그의 본모습이었다. 다만 지금까지 숨겨왔던 것을 몰랐던 것이다.

그는 단지 삼백 년을 살아온 괴물일 뿐이다.

"그렇다면 어떻게 살아온 겁니까?"

"너도 보지 않았느냐. 다른 매영들을."

"흡성대법(吸星大法)?"

"크흐흐. 네놈은 정말 둔해빠졌구나."

유만은 다시 한 번 웃었다. 입이 찢어지며 잇뿌리조차 남지 않고 사라진 잇몸이 보였다.

운허는 고개를 돌렸다.

뒤에 안치된 매영들의 백골이 시야에 들어왔다.

유만은 주어진 천수를 넘기며 살아왔다. 그것이 반쪽짜리 깨달음으로 가능한 것이 아니라는 것도 스스로 밝혔다.

결국 그는 역천을 저지른 것이다.

오로지 자신의 깨달음을 위해 매화비총에 들어온 매영들을 흡수한 것이다.

어처구니없는 일이다.

유만은 사문의 어른이자 도사였다.

매화진인과 함께 화산을 세운 이가 자신들의 후손을 제물 삼아 살아남다니.

저 더러운 목숨을 위해 몇 명이나 희생된 것이란 말인가.

붉어진 운허의 눈이 다시 유만에게 향했다.

"도사라는 자가 어찌 흡성대법을 익힌다는 말입니까!"

"내가 한 것은 그런 사술이 아니다. 그저 접목이라 생각하려무나."

"당신이라는 썩은 나무에 그들을 붙인 것이 말입니까?"

"아니지. 요광 유만이라는 거목에 그들의 보잘것없는 생명력을 붙였을 뿐이란다. 너의 말을 들어보니 내가 잘못 말하였구나. 접목이 아니라 그저 거름이라 부르는 것이 맞겠어."

"유만! 그러고도 네놈이 도사라는 것이냐! 그러고도 네놈이 화산의 사람이라는 것이냐!"

운허는 길길이 날뛰기 시작했다.

그걸 보는 유만의 눈에서는 그 어떤 긴장감도 찾을 수 없었다. 오히려 그는 냉철했다. 감정이 흐트러지면 자연히 집중도 하기 힘들어지는 법. 그렇다면 자연히 몸에 대한 통제권을 잃게 된다.

그에게 운허가 흥분하는 것은 나쁜 일이 아니었다.

어쩌면 최후의 만찬이 될지도 모르는 어리석은 도사를 보는 그의 눈에서는 탐욕의 빛이 불타오르고 있었다.

"걱정 말거라. 너와는 관계없는 일이니."

그리고 고통은 없을 것이니 걱정 말라고 덧붙였다.

그 뒤에 이어질 말이 무엇인지 운허는 듣고 싶지 않았다.

운허는 결심했다.

지금 이 자리에서 유만의 목숨을 끝내야 했다.

"내가 화산의 도사인 이상 그딴 말은 하지 못할 것이다."

"매영이 되는 순간 너는 화산의 도사가 아니다. 결국 버려지고 잊히는 존재야."

"아니. 나를 기다려 주는 분들이 있다. 나를 위해 목숨까지 바친 분들이 있어. 나는 화산의 운허다. 당신 따위와는 달라."

흔들릴 것이라 생각했던 운허는 확신에 차 있었다.

유만의 목소리도 차가워졌다.

"자하신공으로도 막을 수 없을 것이다."

"그전에 끝나겠지."

운허는 일부러 자하신공을 극성으로 끌어올리며 유만에게
다가갔다.

가까이서 본 유만의 상태는 더 심했다.

이미 균열은 점점 더 심해지고 있었다. 살가죽이 찢어지고
뼈도 드러나 있었다. 깡마른 몸에서 썩은 피가 흘러나와 바닥
을 적시고 있었다.

이때까지도 제대로 몸을 움직인 적이 없는 유만이다.

이제는 앉아 있는 것도 버거운 것이다.

그랬기 때문에 운허는 이길 수 있다 여겼다.

저 몸을 전력을 다한 일격으로 후려친다면 계란 껍데기처럼
으스러질 것이 분명했다.

그는 유만의 두개골을 내려치기 위해 손을 들어 올렸다.

하지만 그때 유만도 손을 들어 올렸다.

그의 손끝은 운허의 손목을 향해 있었다.

운허가 그것을 인지하는 순간 한 줄기 지풍이 손목을 강타
했다.

"아악!"

단 한 방에 손목이 부러졌다.

운허는 축 처진 손목을 움켜쥐었다.

그걸 바라보는 유만도 썩 좋은 상태는 아니었다.

갑자기 움직인 대가로 팔뚝의 금이 간 살점이 떨어지고 뼈를 감싼 근육이 끊어졌다.

지풍을 발사한 손가락은 끊어져 바닥에 떨어져 있었다.

"멍청한 놈. 내가 그렇게 쉬워 보였더냐."

적지 않은 부상임에도 그는 여유로워 보였다.

운허는 그 알 수 없는 상대의 자신감에 초조해졌다. 이대로 도망치면 붕괴가 시작된 유만의 육체가 얼마 버티지 못할 것 같았다.

그러나 물러날 수 없었다.

방금 전만 하더라도 유만의 섭혼술에 몸이 마음대로 움직이지 않았던가. 조금이라도 상대에게 여유를 주면 안 되는 것은 바로 자신이었다.

그때 유만의 다른 손가락이 운허를 가리켰다.

그의 손가락이 떨어져 나가며 발사된 지풍이 운허의 양쪽 어깨를 후려쳤다.

미처 피하지 못한 운허의 양어깨가 축 처지고 말았다.

그대로 어깨뼈가 박살나고 말았다.

"크아아아아!"

운허는 고통에 몸부림쳤다. 그럴수록 통증이 이성을 잠식했다.

"나약한 놈."

결국 유만은 오른쪽 손가락을 모두 잃었다. 지풍이 뿜어질 때의 반발력을 견디지 못하고 손가락이 모두 파열되어 버린 것이다.

그러나 그는 아무런 고통을 느끼지 못하는 사람처럼 운허를
보고 있었다.

이미 그에게 고통이란 살아 있다는 증거에 불과했다.

하지만 그의 몸은 너무나 약해졌다. 이제는 숨을 쉬는 것만
으로도 몸이 무너지고 있었다.

그래서 그는 운허에게서 눈을 뗄 수 없었다.

저 생기가 넘치는 몸이 너무나 탐났다. 고통에 몸부림치는
모습조차도 매력적이다.

저 몸이다.

저 몸을 가져야 한다.

유만은 혀로 아랫입술을 핥았다.

운허는 이를 악물었다.

저 역겨운 모습이 무척이나 자연스러워 보였다.

"이때까지 이랬나? 그 더러운 목숨을 유지하기 위해 지금까
지 나를 두고 본 것인가?"

"아니. 조금은 다르지."

유만의 몸은 예전부터 망가진 상태였다.

만약 아무것도 깨닫지 못했다면 그도 그대로 천수를 누리고
죽었을 것이다.

그러나 죽을 수 없었다.

평생을 걸쳐 얻은 절반의 깨달음이 너무나 아까웠다.

한쪽밖에 걸치지 못한 등선에 갈증을 느꼈다.

하지만 육신은 이미 수명을 다해 버린 상태였다. 이 상태에서 어떠한 방도로든 언젠가는 그 끝을 맞이하고 말 것이 분명했다. 그렇다고 가만히 죽을 수는 없다.

그때부터 그는 매영들을 하나씩 흡수했다.

효과는 있었지만 미봉책이었다.

한 세대에 단 한 명밖에 오지 않는 매영으로는 몸의 붕괴를 늦추는 것도 힘들었다.

그래서 그는 다른 방책을 생각했다.

육신을 옮긴다.

그게 성공한다면 모든 문제가 해결되는 것이다.

하지만 육신을 바꾼다는 것이 그렇게 쉽게 되는 것이 아니었다.

그래서 만든 것이 주합심법이었다.

주합심법은 몸 안의 내기의 흐름을 보다 잘 느끼게 해주지만 이는 결국 그가 새로운 몸을 갈아탈 때 기반을 닦아주는 역할을 하는 것이다.

"그들은 거름이지만 너는 아니지. 너는 내 새로운 몸이다."

"…뭐?"

"너의 몸을 가지겠다, 어린 매영아."

운허는 그제야 유만의 속셈을 알았다.

그는 잠시도 망설이지 않고 등을 돌렸다. 어떻게 해서든지 거리를 벌려야 했다.

그러나 그의 다리보다 유만이 더 빨랐다.

"나는 너의 이름을 아는 자. 도를 깨닫고 인간을 깨달았도다. 인간 본능이여, 나를 받들라. 그 몸의 진정한 주인은 나일 것이다. 내가 될 것이다."

그의 속삭임은 달콤하며 소름이 끼쳤다.

운허는 황급히 자하신공을 끌어올리려고 했다.

그러나 머릿속으로 유만의 말 한마디 한마디가 울리고 있었다.

고통이 사라지기 시작하며 조금씩 의식이 흐릿해져 왔다.

결국 유만의 섭혼술이 통했다.

운허의 고통에 일그러졌던 두 눈이 흐릿하게 변했다. 축 늘어진 어깨의 고통도 느끼지 못하는 것처럼 똑바로 유만에게 걸어왔다.

운허는 유만에게 등을 보이며 가부좌를 틀었다.

"이것이 화산을 위한 것이다."

유만은 양 손바닥을 운허의 등에 가져다 대었다.

"사부님, 보십시오. 제가 어떻게 당신에게 다가가는지를."

유만의 표정은 들떠 있었다.

지금도 그의 몸은 조금씩 부서지고 있었다.

*　　*　　*

"……홍몽아."

어둠 속에서 어머니의 목소리가 들린다.

저 멀리서 빛이 새어들어 온다. 두근거리는 가슴을 품고 그곳으로 달려갔다.

"어서 오렴."

따스하고 그리운 그 음성에 눈시울이 아파온다.

환하게 웃는 그분을 보자 눈물이 흘렀다.

"엄마다. 진짜 엄마다."

어느새 잊어버렸던 어머니의 얼굴이다.

그 옆에는 나와 참 비슷하게 생긴 사내가 머쓱한 표정으로 서 있었다.

"넌 나는 안 보이냐?"

"헤헤헤. 아빠, 나랑 똑같네. 징그럽다."

"당연하지. 네가 누구 자식인데."

"아빠 얼굴도 잘 보여. 나 진짜 아빠 닮았구나?"

자꾸 눈에서 눈물이 흘러나왔다.

"이거 꿈인데. 눈물 흘리면 안 되는데."

눈물이라도 흘리다 깨어나면 어떻게 해. 그토록 보고 싶었던 분들이 여기 있는데.

"이리 오렴, 몽아. 이 어미가 얼마나 컸는지 안아보고 싶구나."

어머니의 활짝 열린 품에 달려가 안겼다.

태어날 때부터 느껴왔던 그 심장 소리가 귓가에 들렸다.

그 부드러운 살 내음이 느껴진다.

"엄마, 엄마, 왜 나 두고 갔어요. 보고 싶었단 말이에요. 왜 그랬어요."

자꾸 울음이 터져 나온다.

그래도 나 이렇게 잘 컸어요. 좋은 사부님 만났어요. 따스한 집에서 너무나 좋은 가족들과 함께 너무나 행복하게 살았어요. 미안해요. 너무 죄송해요. 이제야 엄마가 떠올랐어요. 이때까지 잊고 살았어요. 기억하려고 했는데 그게 힘들었어요.

"넌 네 아비는 안 보이냐?"

갑자기 아버지가 내 뒷덜미를 낚아챘다. 숨이 막히며 당황해하는 어머니의 얼굴이 보였다.

"당신, 아이한테 너무 난폭하게 하지 말아요."

"싫어. 이놈이 내 허락도 없이 자기 사부를 아버지라고 불러 버렸잖아. 이런 더러운 경우가 어딨어?"

어머니는 성난 표정을 지으셨다.

사부님을 아버지라고 부른 것을 두 분이 알고 있었구나.

나와 너무나 비슷한 아버지가 노려보자 묘한 느낌이 들었다. 나는 시선을 돌리며 말했다.

"다, 다른데. 아버지랑 아빠는 다른 건데."

"얼씨구. 먹물 좀 먹었다는 도사 놈 변명 보소."

아버지는 어이가 없으시다는 듯 솥뚜껑 같은 손으로 내 머리를 눌렀다.

"이 녀석, 제법 컸구나. 하지만 이 아버지처럼 크려면 더 먹어야겠는데?"

"헤헤헤. 정말? 정말로 나 많이 컸어?"

"그럼. 네가 누구 자식인데. 이 잘생긴 아빠 자식 아니니."

"…그건 아니래."

나 잘생긴 얼굴은 아니라고 하던데요. 누굴 닮았을까 했는데 확실히 아버지 때문이네요. 반성하세요, 헤헤.

하지만 칭찬을 들으니 자꾸 입가에서 웃음이 떠나지 않았다. 저 커다란 아버지의 등을 보고서 나는 언제 저렇게 클까 생각했다.

언젠가 아버지와 어깨를 마주해 설 수 있기를 바랐다.

갑자기 아버지는 머리를 쥐어박았다.

"너 인마, 속으로 중얼거리면 다 들리거든?"

"아야야! 들려? 어떻게? 왜 들려?"

어째서 속으로 생각한 것이 왜 들린다는 거야?

"부모 앞에서 속일 수 있는 것은 없단다."

어머니께서 아버지가 때린 자리를 쓰다듬어 주셨다. 이상했다. 욱신거리던 자리의 통증이 사라졌다.

어머니는 나와 눈을 맞추며 웃으셨다.

"고맙단다. 언제나 네가 향을 피우며 들려준 이야기에 얼마나 즐거웠는지 모른단다."

"근데 요즘은 뜸하더라. 섭섭하게시리."

아버지도 한마디 거드셨다.

그러다 어머니가 노려보자 '내가 뭘?' 하며 투덜거리셨다. 아빠, 나 눈치 없다고 혼나기도 했는데 그것도 닮은 거였구나.

"헤헤헤, 다행이다. 나 원시천존님한테 엄마랑 아빠한테 잘 해달라고 만날 향 피웠어. 전에 도관에서 향 피우다가 불낼 뻔도 했는데 다들 숨겨줬어. 봤어? 나 향 피우려고 도관 가다가

다리도 다쳤다? 그래도 계속 갔어."

화산에 오르고 나서 향을 피우지 않은 날은 손에 꼽을 것이다. 그때 생긴 일은 밤을 새워도 모자랄 것이다. 그러나 어머니는 처음 들어보시는 것처럼, 정말 이 세상에서 가장 재미있는 이야기를 듣는 것처럼 들어주셨다.

자꾸 눈물이 나왔다.

이야기를 하는 도중에 울음이 자꾸만 터져 나왔다.

"…나 힘들었어."

그리고 하기 싫었던 말을 하고 말았다.

내 머리에 어머니의 따스한 손길이 느껴졌다.

"응, 우리 몽이. 많이 힘들었지?"

"막 아팠어. 자꾸 아팠어. 너무 외로웠어. 엄마랑 아빠 손을 잡고 다니는 애들이 부러웠어. 배부르게 먹고 예쁜 옷 입는 애들이 너무나 부러웠어. 미안해. 거짓말해서 미안해. 나 너무 그리웠어. 엄마랑 아빠를 자꾸 잊어버려서 너무 슬펐어. 너무 미안했어."

"혼자라서 두려웠니?"

"응. 너무 두려웠어. 사부님이 나 버릴까 봐 너무 두려웠어. 그래서 미안해. 나 때문에 다쳤어. 바보같이 내가 화산에 남아 있어서 다쳤어. 나 때문이야."

"화산에서 불행했니?"

어머니의 물음에 고개를 저었다.

"아냐. 행복했어. 다들 너무 잘해줬어. 장문인 할아버지랑

못된 대사백이랑 우리 사부님이랑. 정말 나 동생처럼 대해준 사형들도 있었어. 너무 좋았어. 근데 그래서 자꾸 엄마랑 아빠 잊어버렸어. 얼굴도 잊어버렸어. 목소리도 기억나지 않았단 말이야. 맨날 꿈을 꿨는데 엄마랑 아빠가 자꾸 나만 놓아두고 걸어갔어. 맨날맨날."

그랬다. 언제부터인가 두 분은 등을 돌린 채로 걸어갔다.

그 뒤를 따라잡으려고 해도, 나 여기 있으니까 가지 말라고, 같이 가달라고 울부짖어도 멀어지는 두 분이 야속했다. 꿈속에서라도 다시 볼 수 없냐고 원망하기도 했다.

"엄마도 우리 아들에게 미안해해도 될까?"

"응? 뭔데?"

"너에게 더 좋은 것을 해주고 싶었단다. 따스한 밥 한 번 제대로 차려주고 싶었어. 추위에 입을 옷이 없어서 벌벌 떨게 하기도 싫었단다. 한 끼 밥조차 제대로 사줄 수 없어서 슬펐단다. 그래서 더 잘살아보려고 떠난 건데……."

어머니는 말을 잇지 못하셨다. 고개를 숙이시자 눈물이 방울방울 떨어졌다.

알고 있어요. 다 나를 위해서잖아요. 그래서요, 저 미안했어요. 저 때문에요. 제가 태어나지 않았으면 두 분은 살아 계셨을 거잖아요.

"나 그런 것 원한 적 없었어요."

"응, 알아. 그래서 미안해. 그냥 힘들어도 고향에서 살 걸. 다투고 원망해도 같이 있을 걸. 우리 아들 이렇게 혼자 있을

걸 알았으면 그럴 건데. 우리 아들 장가가는 거라도 봤어야 하
는 건데. 우리 아들한테 남겨준 건 그 더러운 신발 한 짝밖
에……."

어머니는 참지 못하고 오열하셨다.

아버지의 품에 안겨 우시는 그분의 모습에 나도 눈물이 흘
렀다.

"울지 마, 엄마. 나 괜찮아. 이렇게라도 볼 수 있잖아. 지금
우리 이렇게 있잖아. 나 행복해. 아무것도 없어도 괜찮아. 이
대로 살자. 나 이렇게 같이 있고 싶어."

이제는 너무나 작아진 어머니의 등을 안았다.

그 떨림이, 그 울음이 내 심장에 전해졌다.

그래, 행복하다. 이대로만 있고 싶다. 이렇게 두 분을 기억
하면서 이렇게 있고 싶다. 얼마나 힘들어도, 어떤 것을 잃게 되
어도 상관없다.

"너는 여기에 있으면 안 된단다."

그때까지 침묵을 지키시던 아버지가 입을 여셨다.

"왜요?"

"알잖니."

아버지는 너무나 환한 미소를 지으셨다. 그게 왜 이렇게 슬
퍼 보이는지 알 수는 없었다.

"돌아가야지. 너를 기다리는 사람들이 있잖니."

"아, 아냐. 없어. 나 매영이야. 매영은 도사 아냐. 화산에서
없는 사람이야. 나 아무도 몰라. 아무도 기억 못해. 그러니까,

그러니까……."

이대로 가라고 하지 말아요. 이대로 있어 달라고 해줘요. 나 이렇게 가기 싫어요. 이대로 가면 아무것도 기억 못할 것 같아요. 나 두 분 잊어버릴 것 같아요.

"그래도 가야지."

"싫어. 안 갈 거야."

"이 아버지는 죽을 때 빌고 빌었단다. 나 같은 무식하고 재수 없는 놈은 상관없으니까 제발, 제발 신이라는 개새끼가 있다면 제발 내 마누라 좀 살려달라고. 내 자식새끼 제발 살려달라고. 그놈의 은혜, 제발 한 번만 베풀라고."

아버지의 눈에서도 눈물이 흐르기 시작했다.

"그러니까 살아, 이 바보 같은 놈아. 살라고. 네 어미도 빌었어. 죽어서 어떤 벌을 받아도 되니까 너 제발 살려달라고. 우리처럼 굶지 말고 행복하게 살라고."

"나, 나는……."

미안해요. 몰랐어요. 근데 나 이미 늦었어요. 나 이대로 죽고 있어요. 아버지랑 어머니가 주신 소중한 몸인데. 미안해요. 정말로 미안해요.

"아직이야. 아직 네 몸은 너의 것이다."

"…어? 왜?"

"네가 돌아가려고 한다면 돌아갈 수 있다."

"……."

갑작스런 아버지의 말씀을 이해할 수 없었다. 이미 늦었다.

유만은 이미 내 몸을 차지했을 것이다.

그는 강하고 나는 약했다.

“몽아, 약속해 주겠니?”

너무 울어 눈이 퉁퉁 부어버린 어머니가 내 손을 잡으셨다. 그 손의 따스한 온기가 조금씩 사라져 간다. 불안한 마음에 고개를 저었다.

“싫어. 약속하기 싫어. 하지 마. 제발.”

“꼭 행복해야 한다?”

“싫어. 나 여기 있을 거야. 같이 있자. 응? 제발 조금만 더 있자. 나 같이 있고 싶어. 또 혼자서 가는 거 싫어. 안 가, 가기 싫어. 응?”

“오래오래 살아. 행복하게.”

답을 할 수 없었다. 붙어버린 입은 도저히 열리지 않았다. 막혀 버린 목구멍에서는 아무런 소리도 나오지 않았다.

눈물이 흘러 고개를 숙였다.

어머니의 모습을 더 이상 볼 수 없었다.

“…으응.”

신음 소리와 같은 작은 대답이 나왔다.

“고마워, 아들. 네 덕분에 엄마는 죽어서도 행복해. 정말로.”

한 줌의 바람이 불었다.

어머니의 모습이 흩어지며 그 자리에 매화 잎 하나가 떨어졌다.

아버지와 둘이 남았다.

그분의 눈가도 촉촉하게 젖어 있었다.

"아들아, 그분이 전해 달라더구나."

"그분?"

"우리랑 너를 이렇게 만나게 해주신 분이야."

"…원시천존님?"

"아니. 나처럼 무식한 도사님이셨어. 그거 뭐냐. 두가두비상두라고 하던데."

"도가도비상도야. 도라고 할 수 있는 것은 도가 아니란 뜻이야."

"응, 그거. 우리 아들 똑똑하네. 장원급제해도 되겠다."

아버지는 다시 내 머리에 손을 얹으셨다. 그 무게에 나도 모르게 고개를 숙였다.

다시 바람이 불었다.

머리 위의 온기가 사라졌다.

그분이 있던 자리로 매화 잎이 떨어져 내려왔다.

―매화진경. 그것은 단 한 번도 존재하지 않았다.

알 수 없는 음성이 전해졌다.

이제는 돌아가야 한다는 생각과 함께 의식이 흐릿해진다.

그리고 부모님께서 말씀해 주신 분이 누구인지를 깨달았다.

"감사합니다."

정말로 감사합니다.

이 못난 제자의 소원을 들어주셔서. 그러니 약속하겠습니다. 저는 화산으로 돌아갈 것임을 말입니다.

매화진인.

당신의 가르침, 가슴에 새기겠습니다.

*   *   *

"긴 꿈이었습니다."

두 눈을 뜨자 운허는 움직이지 않는 자신의 몸을 느낄 수 있었다.

등에서부터 역겨운 기운이 몸에 퍼지고 있었다.

"네, 네놈……."

등 뒤에서 유만의 당황한 목소리가 들렸다.

운허의 눈은 차갑게 가라앉아 있었다. 눈꼬리에 고인 눈물이 인두로 지진 듯 뜨거웠다.

"장난은 끝났습니다."

그는 눈을 감고 기운을 갈무리했다.

그러자 온몸에 퍼져 있던 유만의 기운이 그의 몸 빈 공간으로 구석구석 퍼지기 시작했다.

운허는 한곳에 모았던 기운을 온몸에 돌리기 시작했다. 자연스레 임독양맥이 뚫리며 십이정경과 기경팔맥을 전부 확장시켜 버렸다.

그러자 유만은 비명을 토하며 뒤로 튕겨 나갔다.

그가 운허의 몸에 흘려보냈던 기운이 다시 되돌아오며 심각한 내상을 입었다.

"크, 크흐으……."

온몸을 움직일 수 없었다. 단전마저 부서지며 몸 안의 모든 혈맥이 터져 버렸다.

몸 안에 충만했던 기운이 빠르게 흩어지고 있었다.

죽음의 공포가 느껴졌지만 잠시였다.

차라리 곧 끝날 것이라는 느낌이 들자 오히려 홀가분해졌다.

운허는 자리에서 일어나 유만을 내려다보았다.

"왜 그랬습니까?"

"…나는 매화진경을 보며 도를 깨달았다."

"그건 세상에 없는 것입니다."

"아니, 있었다. 진짜 매화진경이지. 나는 그것을 보며 등선을 경험했다."

아련하게 젖은 눈으로 유만은 이어 말하기 시작했다.

"인간에게는 선과 악이 있다지. 구름을 보는 순간 나는 의식을 잃으며 또 다른 내가 천장을 뚫고 사라지는 것을 보았다."

그의 몸이 부르르 떨려왔다.

지금도 그 광경이 머릿속에 생생했다.

매화진경에서 도를 깨달았다.

이루어 말할 수 없는 성취감이 온몸을 자극했었다.

희열감과 함께 의식이 희미해지던 때 자신과 똑같은 이가 몸 안에서 뛰쳐나가는 것을 보았다.

꿈이라 여겼다.

어찌 사람의 몸 안에서 똑같은 사람이 뛰쳐나가는가.

하지만 꿈이 아니었다.

온몸을 채웠던 그 극한의 느낌이 모조리 사라졌다.

그는 그때 자신의 몸이 목내이처럼 말라 버렸다는 것을 깨달았다.

바뀐 것은 몸만이 아니었다.

기억도 사라졌다.

매화진경에서 본 것이 정확하게 기억나지 않았다.

지독한 갈증이 일어났다.

다시 매화진경을 봐야만 했다.

그런다면 다시 등선에 이를 수 있을 것 같았다.

그러다 그는 소스라치게 놀랐다.

'어떻게 내가 등선을 아는가.'

구멍 나 버린 기억에서 그는 모든 것을 알아차렸다.

결국 또 다른 자신이 진정한 깨달음을 빼앗아 버린 것이다.

무섭고 두려웠다.

신선에게도 선과 악이 나뉘어져 있다.

매화진경의 깨달음을 품에 안고 사라진 자신은 분명 악이 분명했다.

뒤에 들어오게 된 매영들로부터 많은 것을 깨달았다.

그들은 벽에 새겨진 것을 매화진경이라 여겼다.

그건 그가 다른 이들이 보기 힘들게 글자와 그림을 섞은 암호문의 일종이었다.

유만은 좌절했다.

결국 매화진경이 사라진 것이다.

그는 차마 매화진경에 관한 진실을 알릴 수 없었다. 욕심이 생겼다. 다시 등선을 경험하고 싶었다. 매화진경을 다시 얻으면 가능한 일이었다.

그래서 살아야 했다.

그들을 죽여 그 생기를 취해 수명을 연장시켰다.

몇 명의 매영을 흡수하며 화산이 점점 분열되고 있다는 것을 알았다. 자신의 반쪽이 한 것이 아닌가 하는 의심이 들었다.

확인해야 한다.

삼백 년을 넘은 몸뚱이가 부서지기 전에.

모든 것을 털어놓은 유만의 표정은 너무나 편안했다.

"당신은 악입니다."

운허는 조용히 그의 두 눈을 감겼다.

매화진경은 없다.

그러니 이제 나가야 한다.

소중한 사람들에게 돌아갈 때였다.

*　　　*　　　*

암화주는 언제나처럼 하늘만 보고 있었다. 낮에도 밤에도. 그의 눈은 하늘에서 떠나지 않았다. 찬란한 태양을 보던 그가 갑자기 자리에서 벌떡 일어났다.

"크하하하하!"

한번 터지기 시작한 웃음은 미친 듯이 이어졌다.

놀란 흑영이 옆으로 다가갔다.

"보았느냐?"

그에게 암화주가 물었다.

흑영은 고개를 저었다.

"잘 모르겠습니다."

"시작이다."

"그 말씀은 설마……."

"그래, 동굴 안의 내가 죽었다."

"유일한 존재가 되신 것을 축하드립니다, 유만님."

흑영이 그에게 머리를 숙였다.

암화주.

동굴에서 탈출한 또 다른 유만인 그는 눈부시도록 환한 미소를 지었다.

"멸문화산(滅門華山)을 시작한다."

그는 환한 미소를 지었다.

『멸문화산』 2권에 계속…

종수의 귀환
FUSION FANTASTIC STORY
텀블러 장편 소설
종수의 귀환
1
종수의 귀환
2
종수의 귀환
1
텀블러 장편 소설